"望海潮"原创长篇系列

疼痛

海峡出版发行集团
海峡文艺出版社

一

　　七月的一个黄昏，空气里飘着汗味和太阳烤了一天的热气。

　　站在十字路口，苏文娟感觉到一阵短短的晕眩。

　　眼前不停地晃过色彩鲜艳的T恤、吊带裙、年轻的面孔、匆忙的脚步、疾驶而过的小汽车、忧郁的表情……耳朵里充斥着各种各样嘈杂的声音：沿街的音像店里飞出来的热门音乐，汽车的引擎、摩托车的马达、自行车的铃声，交织在一起，堵塞着街道上每一个空隙。她不自觉地摁了摁自己的额头，轻轻地叹了一口气：这是一个五光十色的世界，一座流动着色彩、幻想、冲动和诱惑的城市。

　　正值下班的高峰期，每个人的脚步似乎都显得焦躁而不安。随着交通协管员一声急促的哨声，人们渐渐地涌向了斑马线。走在人群里，苏文娟显得并不格外抢眼。她属于那种不是十分漂亮但极其清秀轻灵的女人，个儿不高，黑而亮的披肩长发，穿了一件淡绿色的直统西装套裙，却由一条细窄绿腰带束出一个绝不是直统的身段来。脸上的五官并没有什么特别的出色之处，但神情却分外的与众不同，糅合着一种少女的明朗和成人解事之后的淡淡的忧愁，这使她的脸看起来有股出奇的吸引力。脸上最好看的部分要数那两片薄薄小小的嘴唇，时常微微地、任性地向上翘着，所有的自信与热情都聚集在那抿着的唇上。她已不年轻，却有着一股青春少女所没有的成熟女人的韵味。这样的女人从身旁走过，你不一定会回头看她，但一定会细细地回味她。

此刻，她正细眉微蹙，略有所思。穿过前面的新时代广场，很快就要到达目的地了。心雯该不会等急了吧？想到这儿，她不由得加快了脚步。天空由橘红色变成绛紫色，黑暗渐渐地近了。

她所要去的这家咖啡屋就位于街角的拐弯处，因为向里缩了一米多，门面也不算大，所以显得并不张扬。夕阳的最后一抹余晖洒落在古朴的浅灰色木制门牌上，"深深缘"几个字映入眼帘，让人心里总有一种说不出的淡淡的温馨。

推开淡蓝色的铝合金玻璃门，一股浓香扑鼻而来，是那种很好喝的爱尔兰咖啡的香味。屋里的冷气开得很大，把夏日的燥热都摒弃在门外的世界里了。女老板CoCo正在门口忙活着。高高挽起的发髻、流光溢彩的面孔，使她看起来特别有精神。只是那件相对于她身体来说显得有些窄小的无袖旗袍让人看起来有些不舒服，总觉得身体的某些赘肉像堆砌起来似的多余可笑。看到文娟进来，她先是一愣，而后立刻挤出了一脸的灿烂阳光，但是尽管笑容可掬，还是掩饰不住一丝牵强和做作。也难怪，几个月不来消费，谁还能记得了谁呀。苏文娟这样想着。

因为里面的灯光有些暗淡，人又多，所以她习惯性地眯起了一双近视眼，但还是看不清。立时，过道边上的座位上便有一两个人侧着脸在看她，目光中充满了探询。苏文娟感觉到有些窘迫，于是，她干脆走到亮处，在那里站了一会儿。与其说是在寻找心雯，不如说是让心雯一眼能看到她。果然，不一会儿，远处就有一个穿紫色衣服的人拼命地甩动着手臂，向她挥手致意，动作还有些夸张。不用说，那就是江心雯了。文娟乐了：人啊，总是凭着一种缘分。知心牵手的朋友，即使几个月或者更长的一段时间不见面，只要凭着一种感应就能很快地靠近对方，就像惺惺相惜的蚂蚁，依靠气味和触角就能轻易直抵同类的心扉。她和心雯应该就是这样的朋友了。

放下包，刚坐定，心雯就开始发难了。

"我的小姐，见你一面好难啊！不是开会就是加班，要不然就是为孩子的事忙活着，我都快相思成疾了，好几次都想上你家'绑架'你了。"说话的同时，她自己先咧开嘴笑了。这是一个长得很"帅"的女人，有两道浓而英挺的眉毛，一对犀利灵活的眼睛，嘴唇很丰满，也是俏皮地向上翘着的。她说话时眉飞色舞的，表情非常生动。

苏文娟瞥了瞥她，抿嘴一笑："夸张！"

"对了，点心和咖啡都已帮你点了，都是你喜欢的口味。"

"我喜欢的口味？你没听说，这世界变化快，两三个月过去了，你知道我喜欢什么样的口味？"

"得，得，得，打住，打住。这世界变化快，是不错，所有人都会变，唯独你苏文娟，是改变不了的。"心雯一脸的胸有成竹。

苏文娟微微低下了头，本来还想打趣一下，但很快放弃了。因为她心里很明白，在这个世界上，除了她自己，没有人能比心雯、若桐更了解她了。

谈话间，服务生送上了点心和咖啡，还点燃了桌中间的一小节的白色蜡烛。浓郁的咖啡芳香和摇曳的烛光似乎点燃了苏文娟内心深处一种久未亲近的浪漫情愫，美好的学生时代仿佛又活脱脱回到了眼前，使她脸色潮红，神思恍惚。

结婚十年，极少和晗之单独到这里来，总觉得咖啡屋的格调不是为夫妻而设。一男一女，默默地对坐，没有恋爱时的窃窃私语，那沉甸甸的颜色、昏暗暗的灯光都象征着一份沉重一份苦涩，这常常使她会有一种如在电影中的错觉，以为自己就是电影中的女主角，而这样的镜头多半寓示着不如意的婚姻，寓示着无可奈何的分手。但与心雯在一起情形就完全不同了。选择一个安静的角落，握一杯暖暖的咖啡，静静地相对，在一起长大一起老去的时光中喟叹生活。这样的午后或黄昏真的是一种悠长的幸福，更能让人体会到人生的细致与精美。

"来，给你的生活加点糖。"江心雯一边调高了声调，一边自作主张地往文娟的杯中加了两小勺的糖，样子活泼可爱得像一个调皮的小男生。

"拜托，不能再加了，太甜蜜的生活是会淹死人的。"她们就这样说着，相视一笑。然后，心雯用叉子叉起一块蛋挞，一面津津有味地嚼着，一面连连说："比来比去，还是这家的蛋挞好吃。"见文娟半天不动作，她笑着说："你还不动呀，小心我的叉子要横扫你的领域了。"

文娟噘了噘嘴，笑着说："馋猫！还记得中学时学的《诗经》里的一句话吗？'硕鼠，硕鼠，无食我黍'。"

心雯眨巴眨巴眼睛，假装狠狠瞪了一下她，然后两人又是相视一笑。

半晌，苏文娟抬起了她那娇小玲珑的脸庞，认真地问："心雯，下午你电话里说，若桐下个月要回来，还结了婚，真是这样吗？我有点不敢相信。"

"这种事我哪能开玩笑，千真万确的。若桐还说，回来以后要补办一个像样的中国式的婚礼呢。看来，小妮子这回真的是春心动矣。"

"没想到若桐这样坚决的婚姻反对者最终还是选择了婚姻。也难说，或许她真的找到了她的真爱吧。"苏文娟沉吟了片刻，轻轻地啜了一口咖啡。尽管加了糖,还是有那么一点涩涩的苦味。

"真爱,或许是吧。"心雯赞同地点了点头,但语气并不十分确定。过了一会儿,她忽然话锋一转,又说:"先不说这个了,还是谈谈你吧。最近又有什么大作问世了?这一阵子忙得连报纸都少看了。晗之的公司发展得还不错吧?还有,亮亮是不是又长高了一些?好久没见到小家伙了。"

心雯还是那副火烧火燎的急性子。一下子蹦出三个问题,让苏文娟不知道先回答哪个好,但很快她就选择了关于孩子的话题。

"亮亮挺好的。开学就上二年级了。"谈到儿子,苏文娟的脸上心头总是溢满了幸福的满足感,眼睛里闪过一丝生动的光彩。

"你呢,还不想要孩子?"文娟低声地问,语气充满了关切与温柔。

"还没想好。一方面是年龄大了,另一方面是看到像你这样整天为孩子辛苦奔波的父母,总觉得活得很累,不是吗?"片刻,她又有些愤愤不平地说:"但是,在中国,不生孩子似乎也不行,关心你的人太多,父母、长辈、同事、朋友、邻居,仿佛你不生孩子就对不起全世界。善意的是像我父母那样的长辈,怕我们年纪大了,生育有困难,所以千方百计要关心你、催着你,像要完成人生中一项重大任务似的。当然也有好事的人,甚至怀疑你不会生育,永远怀着一颗好奇心窥探着你。这究竟是为什么?不得而知。文娟你说,这人哪,是为自己活着还是为别人而活着?"

文娟答非所问地轻轻"嗯"了一声,想笑却没有笑出来。

这时,房间四角的音箱轻轻递送来一首相当怀旧的老歌,深深攫取了苏文娟的心。歌声仿佛来自天籁,在迷蒙的咖啡雾气中飘近又飘远。听着听着,苏文娟的眼睛湿润了,那是她久违了的曾经让她魂牵梦萦的约翰·丹尼佛的《乡村小路带我回家》。

这是一首当时曾风靡大学校园的英文歌曲。当年,那些稍具有英文基础而又喜欢唱歌的校园青年不约而同地学会了这支歌。几乎所有的校园晚会上,都会有个男孩怀抱吉他站在台上,或者老练或者拘谨地弹唱这支歌,而文娟总是作为一个极其忠实的听众,张大了嘴伸长了耳朵站在人群中。在乡村歌谣特有的清新忧伤的旋律中,想象着一座高高的山、一条湍急的河流、一道蜿蜒曲折的乡间小路、一个在旅途上怀念家乡亲人的漂泊者。歌中所唱的山是西弗吉尼亚的山,河流是一条叫香纳多的河,漂泊者不知为何人,文娟便很自然地把他想象成了自己,因而被这首歌深深地感动了。她才不管它唱的是哪国的山哪国的河呢,每次唱到" country roads take me home to the place I belong(乡间的小路带我回家,到那属于我的地方)"那一句话时,总是被唱得浑身一颤。一个人因为被一支歌所感动,不管它是一支什么歌,那一定是一件单纯而美好的事情。

这首歌也常常让她回忆起学生时代无数次回家路上的快乐与温馨。比如某一个落日黄昏,她、心雯还有若桐,三个少女齐刷刷的一袭白衣黑裙的校服。走过落英缤纷的校园林荫道,她们手牵着手，嬉笑着走向校门口。

"苏文娟同学，你的信！"门卫张老头十分热情地招呼道。

李若桐先伸手接过信，一瞥，故意大声叫了起来："谁这么漂亮的字。哎呀，还是远方来信呀！"

"我看看，我看看。"心雯也来劲了，一把抢过信，不肯放手。

"还我，还我，你们两个大坏蛋！"苏文娟急得憋红了脸，语气更像是在求饶。

三个女孩就这样争着、抢着、闹着、笑着，晚霞辉映着她们年轻而生动的脸庞，她们清脆的声音越过了校园的木制白色栅栏，飘到很远、很远的地方……

"假如有一种时光机器，能把我们带回到从前，那该有多好啊！"苏文娟痴痴地自言自语道。

"只可惜，乡村路永远不可能再带我们回家了。"心雯的脸上也露出了少有的怅然若失的感伤。

她们就这样静静地坐着，静静地聊着，不时停下来，什么也不说，凝神谛听丹尼佛诉说《乡村小路带我回家》、卡朋特浅唱《昨日重现》，还有《爱情是蓝色的》《金色池塘》《月亮河》……

当她们走出咖啡屋时，已是晚上的十点多钟。街道两旁的行人已渐渐稀少，远处的路灯、霓虹灯扑朔迷离。退却了白天的浮躁与铅华，夜色将南方这座城市可爱和恬静的一面充分地展现了出来。

心雯轻声说："不知不觉，这么晚了。坐公交车不方便了，不如我用摩托车带你一段吧。"

"太晚了,还是叫计程车吧。"文娟声音很低但却坚定。

"也好。"心雯不再勉强。她明白,文娟不是客套,只是担心她的安全,也不愿增加别人的额外负担。这是她的个性。

她们站在路边等了一会儿。文娟环顾四周,然后深深地吸了一口夏夜凉丝丝的空气,有些沉醉地说:"其实,这座城市的夜还是挺美的。"

"的确。"心雯悄然应和着,并报以一个宁静的微笑。

这时,文娟懒懒地伸了一下腰,挺随意地问:"心雯,这个周末有空吗?陪我到处逛逛。下周三是晗之的生日,我想给他买一份礼物。买什么好呢?哎,对了,你觉得买一个电动剃须刀怎么样?"

心雯抿了抿嘴,神秘兮兮地说:"这男人哪,可不能打扮太靓了,男人一俏就容易惹事,危险系数加大啦!"

文娟睨了她一眼,笑着嗔怪道:"心雯,你胡说什么呀。"

心雯坏坏地朝她笑了笑说:"我胡说?这可不是我个人的创新,是经过实践检验的颠扑不灭的真理,是许多人集体智慧的结晶呢。"倏忽,她又指着前方说:"不说了,车来了。"一辆红色的TAXI在她们跟前停住了。心雯为她打开了车门,舒了一口气,笑着说:"逛街的事,我们过两天电话再联络。"末了,又不忘叮嘱一句:"晚上不要再写什么稿子了,早点休息,做个好梦!"

文娟莞尔一笑:"你也一样。"之后,向她挥了挥手。

她们就这样依依道别了。汽车载着苏文娟驶向了沉沉的夜的尽头。

二

这一晚，苏文娟睡得很好。昏昏沉沉中醒来，天已大亮。感觉手有些麻麻的胀痛，侧头一看，亮亮正枕着她的手臂睡得香甜。她这才想起昨晚下半夜，亮亮哭着闹着跑到她的房间，一头钻进了她的怀里，可能是看了什么恐怖动画片，受了惊吓吧。而此刻，风平浪静，似乎什么都没有发生过，晨光照在他平静的眉清目秀的脸庞上，使他的脸看起来像牛奶浸透过似的新鲜光嫩。苏文娟久久地充满爱怜地看着他。这是她三十多年的人生中自以为最为得意的一件作品了。

苏文娟本想再让儿子多睡一会儿，她小心翼翼地抽出手臂。不想这一动，儿子也醒了。睁开惺忪的睡眼，小家伙问："几点了，妈妈？"

苏文娟轻轻地在他的小鼻子上画了一个弧形的小圆圈，娇嗔地说道:"起床啦,小懒猪!"

大厅外面,英姐已热了牛奶,煎好了鸡蛋。文娟打着呵欠,说:"今天起来晚了。"

"平时看你都睡得那么晚,今天难得睡得这样好,就不敢叫你们了。"英姐笑着,她总是这样的慈眉善目。

用过早餐,亮亮背起书包,母子俩正准备出门,英姐忽然像想起了什么似的,从房间里追了出来,急切地说:"文娟,差点忘了告诉你,章先生打电话来说,公司里还有一些事要处理,所以他要在天津多待三四天。"

"知道了。他也打我手机了。"文娟随意地应答着,牵着儿子的手下了楼。

从他们家到小区的门口还有一段距离。走在路上,苏文娟侧着脸问儿子:"亮亮,你想爸爸吗?"

"想,可想啦。去年爸爸出差去上海,给我买的机器人米迪我最喜欢了。不但会走路,还会说话,真是太神了。昨天爸爸电话里说,这回要给我带一辆漂亮的玩具小汽车回来呢。"

"哎,你是想爸爸啦还是想爸爸的礼物啊?"苏文娟忽然想逗一逗满脸稚气的儿子。

"都想啰。"小家伙歪着脑袋狡黠地回答道,"不知道爸爸这次带回来的汽车是什么样的,最好是那种拼装的,黄色的。"说着,小家伙一脸陶醉地冥想着,眼光里闪烁着一种动人的光彩。

苏文娟笑了。她知道期待的过程比拥有本身更具有诱惑力。孩子更是这样。

走到大门口，黄色的"爱心接送车"已停靠在那儿。亮亮回过头，说了一句："妈妈再见！"就飞快地跑向了面包车。

苏文娟目送着车子远去，直到它消失在小巷的深处。这是她每天的必修课。严格地说，她新的一天的生活就是从这一刻开始的。

天灰蒙蒙的，好像还飘下了一丝丝的小雨。苏文娟快步出了小巷，走到街对面的车站。从她的家到她工作的报社，大大小小要经过十八个车站，等于从城市的东头走到了西头。这么漫长的车程，苏文娟并不觉得很厌烦。从车窗向外望，每天都可以看到一个日新月异的不断在长高长大的城市。稍加留心，就会发现，昨日还相当冷清的某个街面，今天突然竟多了两家名牌专卖店；那个寂寞的小公园门口的花圃里，什么时候又植上了两排细细嫩嫩的法国梧桐树。这一切都让人感觉到"这世界并非缺少美，而是缺少发现美的眼睛"。有时候，文娟也俯瞰车窗外匆匆而过的芸芸众生。那些青春勃发的血气少年和漂亮少女总是让她很心动，不由自主地喟叹一句：年轻真好！这样的感觉其实挺好的，只是车上时常很拥挤，各种气味混杂着、升腾着，让人有些透不过气来。

幸好今天的这班车挺顺的，路上不堵车，很快就到了目的地。从车上远远就可以看到这么一座二十一层的写字楼，高高悬起的烫金的广告牌上赫然写着"南方大厦"。这座大楼中除了本地几家知名的报社、杂志社，还有律师事务所、审计事务所、贸易公司、船运公司等。鱼贯出入的男男女女个个衣冠楚楚，神态自若，步履矜持，颇有些社会精英的傲慢与从容。大学一毕业，苏文娟就分配在报社工作，不过报社迁到这里，却只有短短的两年时间。

因为报社位于七和八两个这么尴尬的楼层，所以每次站在电梯口等候，苏文娟心中都或多或少地有些迟疑。如果时间来得及，她是基本上不坐电梯的，哪怕爬到上面是气喘吁吁，也自得其乐，至少可以省略掉那些她认为不必要的情节嘛。比如常常有人说："最近忙吧？""这衣服真漂亮。""用过早餐没有啊？"这些言不由衷的赞美、无关痛痒的客套与寒暄总是让人感到心为形役的疲累。有时更有甚者，一个人会越过几个人的头顶，旁若无人地向另一个人热情地打招呼、握手，小心翼翼地说一些讨巧的话。这一切让人不得不相信，生活和社会的压力会使人不愿意放弃任何一个可以利用的逼仄的空间。而这些正是苏文娟所不喜欢的。但是，今天太晚了，她无从选择。

进入电梯，立时有几个人向苏文娟点头、问好，苏文娟也礼貌地回应着。这时，边上有一个戴眼镜的像是哪个律师事务所的人突然开口问："苏编辑，听说你们报社最近要招一些大学生，有这么回事吗？"

见苏文娟反应木然，他的嘴角很快地掠过了一丝不易觉察的不屑和对自己见多识广的陶醉。"这事你都不知道啊，晚报早就登出来了。"

实际上，这件事苏文娟多少还是知道一些的，只不过因为与自己关联不大，所以也没有太深地去探究其中的细节。本来她还想解释什么，但看到那个人的表情，就什么都不想说了。好在这个时间不会持续太长，"叮咚"，八层到了。

踱出电梯，她匆忙地走向自己的办公室。经过值班室时，门卫老倪叫住了她："苏编辑，苏编辑，你的信！"老头递过一小叠信，十分友好地说："这一阵子你的信可真多！"

"谢谢您！"苏文娟满含感激地致谢。

这些读者来信全是冲着她的小说《星星草》来的。那是她的又一部长篇小说。本来她对它并不抱太大的期望，不想小说发表之后，效果却出奇的好，反响不凡。来自不同年龄、不同职业、不同阶层的读者来信满满地塞了一大抽屉，也有人称她为"美女作家"。尽管苏文娟不太喜欢这个称呼，但她还是很感激读者朋友给予她本人及文字的关注的。

怀揣着信，她径直走向了副刊部。一眼就瞅见小王正认真擦拭着桌面和窗台。小伙子去年大学毕业考到报社，不但人机灵，也蛮勤快。她轻轻打了一下招呼，就放下包，到外面提了一桶水，开始拖地板。不一会儿，肖主任也到了。肖主任是他们副刊部的头儿，五十出头，但头发几乎全脱光了，明亮的头顶与前额刚好衬出一双奕奕有光的眼睛和一对厚而黑的眉毛，使他看起来精神饱满。今天，他穿了一身轻快的运动装、运动鞋，手里还攥着两粒健身球。不用说，肯定是在哪儿健身完刚下课的。

在苏文娟的眼里，肖主任属于那种性情中人，为人诚实坦白，既是令人尊敬的领导，又是那种很好沟通的长辈。他是中华人民共和国建国初期的那批北大的毕业生，文字功底深厚，但从不张扬，总是喜欢做红花后面的那片绿叶，潜心扶掖新人，对待生活也十分低调。但是老天似乎就偏好垂青那些较为低调的人。如果说人有命的话，那么他应该算是那种好命的人。儿子名牌大学毕业后，到美国深造去了。夫妻俩生活中没有太多的牵挂，日子过得悠闲自在，闲时种种花、养养鱼，早晨就跑到人民广场舞剑、跳舞、练太极拳，夫唱妇随，好不惬意。肖主任还是省越剧票友会的铁杆票友呢，不忙的时候，偶尔也来一段《沙漠王子》《梁山伯与祝英台》什么的，字正腔圆，逗得苏文娟不禁捧腹。

这会儿，他看到苏文娟正专心致志地拖着地板，不忍踩脏了地板，连忙折回头，自我打趣道："看来破坏成果还不如窃取成果了！"

"不碍事的，肖主任。把风扇打开，一会儿就会干的。"苏文娟笑着搭讪。

他们就在这样轻松融洽的气氛中开始了一天紧张而有序的工作。说实在，这几天苏文娟真的挺忙的。部里其他两个同志，一个出差了，另一个爱人小产回去照顾几日。如此，苏文娟不但要做好自己的本职工作，还得兼顾一下他们的活计。好在昨天她负责的两个专栏已经交付排版了，所以今天还稍稍轻松了一些，忙到十一点钟，总算可以歇一歇了。

她站起身来，揉了揉有些酸痛的脖子，做了几下扩胸运动，然后倒了一杯水，安静地坐了一会儿。随后，又很习惯地从包里摸出手机，打开了收件箱。很快，她就找到了想要找的那条短信。

"我九月中旬回来。希望回到故乡后，第一个见到的人会是你。子翔。"

这是几天前的短信。只这短短的几个字，苏文娟不知已经看过多少遍了。每一次读它，心里的感觉都是不一样。但是不可否认，每一次都让她神思恍惚、浮想联翩。

其实，这十七年来，子翔何曾真正地离开过她的世界呢？就像她十七岁时的那个梦境，总也挥之不去。

那是盛夏的一个早晨。火车站。月台上。妈妈、姐姐在车窗外久久地抓着苏文娟的手，叮咛了再叮咛。这毕竟是她人生中第一次远行。本来她们是想陪她一起到山西领奖的，但一时又抽不出时间。好在到了那边，有人来接站，这多少减少一些家长的担心。但是，这一路上，万一……所以，她们还是放心不下。

"哎，苏文祺，老同学，你怎么会在这儿？"这时候，有一个梳着齐耳短发的女孩从前面的一个窗口处笑着急急地向姐姐走来。

"是徐辰羽呀，好久不见了。我是送我妹妹的。你呢？"姐姐的脸上浮出了一个惊喜的表情。

"哦，我们班的一个同学要去甘肃天水工作。我们几个是来送他的。"

"他也在这节车厢？谢天谢地，这样就好啰！"姐姐似乎发现了新大陆，掩饰不住内心的激动："他人在哪儿？"

"在那儿，我叫他。子翔，程子翔。"

循着喊声望去，前面几排的座位上，一个清瘦的男生正埋头认真整理着座位上的东西。听到有人喊他，他回过头，微笑着走了过来。

这是一个顶阳光的年轻人。他穿着一件绿色的T恤。个儿不高，清秀的脸庞，黑亮的眼睛，目光清澈而深邃，弯曲如弓的嘴边透着倔强自信的坚定，浑身上下散发出一股抑制不住的青春朝气。

"介绍一下，这是我的同学程子翔。我的高中同学苏文祺，我们校外语系的。"辰羽落落大方地介绍着。

"子翔同学，你也坐这趟车吧。我妹妹苏文娟，高二学生。刚放暑假，就被通知去山西领一个征文奖，刚好也参加他们那边的一个夏令营活动。第一次出远门没有经验，这一路上还要麻烦你多多照顾她。等一下车开了，看能不能跟别人调一个座位，这样方便一些。"姐姐急切地说着，赶忙又有些不好意思地解释道："你看我急的，真是不好意思。我这样说，你不会觉得太冒昧太唐突了吧？"

"没关系，没关系。都是同学，不用太客气了。"子翔一面礼貌地回应着姐姐，一面偷偷瞟了一眼苏文娟。这是一个清清纯纯的小女生，白皙文静的脸庞，一双如梦的眼睛，乌黑的长发被束成了简洁的一瓣，一袭的白衣黑裙，看起来清清爽爽的。他友好地一笑，露出了一排整齐洁白的牙齿，"放心吧，我会的。"

这时，进站的汽笛声拉响了，列车马上就要出发了。妈妈、姐姐还是不放心地嘱咐这、嘱咐那的。而此刻，苏文娟的心早已像天空中的飞鸟，飞向了那遥远而神秘的远方。那里有她心驰神往的云冈石窟、悬空寺、巍巍耸立的北岳恒山……

火车终于启程了。列车就像一位迟暮的老人，发出了沉闷而冗长的"呜呜"声，好像在诉说着什么。苏文娟安静地侧耳倾听着。当年，她也许真的没有想到，多年以后，这种声音会常常跑到她的梦境中，成为穿透她前世今生的生命的绝响。

因为是第一次坐火车，所以她感觉什么都很新鲜。一会儿趴在车窗上，望着车窗外飞速而过的风景，一会儿摸摸座位上方的火车应急器械。子翔凭着他的真诚与耐心，很快就调好了位子。苏文娟在中铺，他就在她斜对面的下铺。放好了行李，他在靠窗的位子上坐下。

"把茶缸先拿出来，一会儿，乘务员要来送水的。"子翔的语气像是对自己的妹妹一样。

"哎。"文娟连忙听话地从包里掏出水杯放在桌上，然后坐在了他的对面。

"第一次出远门？"子翔关切地问。

"是呀，也是第一次坐火车。"文娟怯生生地说。

"说是要去领奖，领的是什么奖呀？"

"山西《语文报》，'春笋杯'中学生征文竞赛的。本来我的指导老师也要去的，只可惜他生病了。"文娟非常遗憾地说。

"哦，是这样。文章大致是写什么内容的呢？"子翔显得饶有兴致。

"题目是《书香人家》，写的是小时候在爷爷身边的一些生活片段。"苏文娟答得很随意，因为从小到大，这样的奖项她已经获得过不少了。

"小小年纪，真不简单！"子翔扬了扬眉毛，挺真诚地说。

"看来，你也喜欢文学？"文娟睁大了眼睛，特别认真地问，目光里闪过一丝生动的光彩。

"挺喜欢的，只是不像你那样会写。"子翔有点腼腆地笑了笑。

说话的时候，他伸手从旅行袋里拿出了一个大大的本子，暗红色的绸缎封面，看起来倒也精致，然后便专心地翻看起来。而苏文娟呢，只是专注地看着窗外。窗外有什么呢？有金黄的稻谷，葱郁的松林，不知名的小溪，迷迷离离的山峦，轻快的飞鸟，纵横交错的电线杆……

看了一会儿，程子翔像是怕冷落了小姑娘似的，抬起头，主动搭讪："外面很好看，是吧？"

"是呀，以前没注意这些。"文娟一只手托着下巴，一只手平放在桌面上，眼中溢满了梦似的光辉。无疑，沉思中的她是吸引人的。

"对了，你为什么要去那么远的地方工作？我想，天水一定很远。"苏文娟突然对这个问题产生了兴趣。

子翔想了想，很坦诚地回答道："学校要选派五名应届毕业生去大西北支援那里的工作，我就报名了。我想，我不是一个随遇而安的人，总希望生命中会有一些奇迹出现。我觉得，一个男人他的事业应该在远方。"说话的时候，他的眼睛朝向了窗外那广袤而深邃的天空，目光中有种遗世独立的超然和沉静执着的坚定。

文娟的心弦似乎被轻轻拨动了，她又天真地问："都说黄河之水天上来，不会是天水名字的由来吧？"

"应该没有太大的关联吧！"子翔笑了，话虽这么说，但他却被小姑娘的诗情画意深深感染了，不由地又抬头看了看她。

他们就这样随意地聊着，漫无边际。时间一分一秒地过去，不知不觉中火车已开出近六个小时。时间也渐渐冲淡了他们之间的陌生和拘束，他们甚至可以开一些小小的玩笑了。文娟也意外地发现，其实他们两人有很多共同的爱好。比如，都爱读奥斯汀的《傲慢与偏见》、圣·埃克絮佩利的《星王子》、肖洛霍夫的《静静的顿河》、沈从文的《边城》和勃朗宁夫人的十四行诗，爱看电影《茜茜公主》《魂断蓝桥》和《早春二月》，还都爱集邮和旅游。

文娟偏着脑袋，带着几分崇拜的神情问："那么，你觉得东方文化与西方文化相比，哪一个更有吸引力呢？"

子翔深思了半响，字斟句酌地说："其实，很难比较两者的优劣。东方的智慧、明哲、超脱，要是能与西方的活力、热情、大无畏的精神融合起来，人类可能会看到另一种新文化的出现。西方人那种孜孜以求、不问成败的精神有时真的是很值得我们好好学习和借鉴的。我不知道这样说对不对，当然这只是我个人的看法而已。"说话的时候，他微微蹙着眉，充满淡定从容的哲人意味，那专注的表情让文娟不由得怦然心动。

又是一个狭长的隧道，文娟低下头，一面用手捂着耳朵，阻挡隧道里强大的空气压力，一面大声地问："子翔哥哥，到哪儿了？"

"过了这个隧道，前面就是德州站了。那是一个大站，我们可以下去走走了。"子翔笑着提议。

"好哇。"文娟拍手表示赞同，这一路风尘，真的感觉有些累了。

列车到站了，他们俩尾随着人群下了车。小站上人声嘈杂，各种叫卖声此起彼伏。走到一个卖小吃的推车前面，子翔眼前一亮，像淘到真金似的高兴地叫起来："这应该就是德州的扒鸡了。听说味道不错，连'铁拐李'都翻江过海来品尝过呢！怎么样，来一只？"

文娟开心地笑了："这不会又是书上说的吧。"这一路上，每到一个小站，子翔都会给她粗略介绍这个地方的地理方位、风土人情等，这不得不让人折服于他知识的广博和超强的记忆力。当然，其中也不乏有一些幽默调侃的"子翔版"的个人杜撰了，但是，即使是他自己编的，文娟也是觉得蛮有意思的。

他们就这样站在那儿，旁若无人地、美滋滋地分享着香喷喷的大块鸡块，张扬着青春的无羁与活力。两个人吃得是满嘴流油，活像两只大馋猫。末了，他们又拎了一袋热气腾腾的粽子上车，算是午餐了。

列车继续向前疾驰。坐久了，苏文娟感觉有些百无聊赖。一眼瞥见子翔身边的那个本子，于是壮着胆子问："子翔哥哥，能把你的本子借我看看吗？"

子翔爽快地递过了红本本。原来是毕业留言册！

打开册子，扉页上是子翔亲手写的感言。字迹挺拔，文采飞扬，读后挺让人感动的，也令人不敢相信他是毕业于物理系的。再看后面一页，是一帧放大的少女的黑白相片。相片中的女孩长发飘飘，低眉浅笑，笑容非常的迷人。

"是你的女朋友？挺漂亮的。"文娟不禁赞叹道。

子翔微微一笑，算是默认了。

再往后看，是各式各样的留言，满满地填满了一个本子。这些或是感伤，或是欢快，或是诙谐的留言很容易就会勾起人对过往的菁菁校园生活的怀念与冥想。

当苏文娟抬起头时，发现子翔也在看她。"很向往大学校园生活吧？"

"嗯。"文娟点了点头。

窗外，黄昏的景致是迷人的，灼热的太阳已下山了，晚霞使整个天空红成一片，透射到车厢里来，也映得人的脸和衣服成了粉红色。

但不久，列车就把落日远远地抛在了身后。天渐渐暗了下来。夜越来越深。热闹了一天的车厢好像一下子平静了下来。九点半车厢里开始熄灯。苏文娟极不情愿地爬上了"床"。起先，她还有意无意地找一些话题和子翔聊，后来发现对方半天没有反应，仔细一看，原来是睡着了。可能是太累了吧。

苏文娟是辗转反侧，怎么也睡不着。车窗外，不时会望见几株瘦瘦长长的榆树或杨树什么的，像黑色剪影般耸立着，背后衬着黑漆漆的夜空。火车喷出的烟气在山谷中久久不散，空气潮湿而闷热。远处，忽明忽暗的灯光，远一点的像飘忽的渔火，近一点的似闪烁不定的指示灯。"哐当哐当"的声音应该是列车与铁轨亲密接触发出的摩擦声了。火车像一个巨型蜗牛，停停走走，走走停停，伴随着一个又一个不知名的小站的名字从耳边匆匆掠过。

文娟伸出脑袋，压低了声音，唤道："子翔哥哥，子翔哥哥！"

半响，子翔才醒过来，懵懵懂懂地说："还没睡哪，什么事？"

"睡不着。把你的本子再借给我看看。"

程子翔从枕边摸出了本子,递了过来。

借着暗淡的过道灯光,文娟打开了本子。一会儿,她又对子翔说:"子翔哥哥,我觉得有两句话,你说得特别好。草色遥看近却无。还有一句:青山遮不住,毕竟东流去。"

子翔含含糊糊地说:"那不是我说的,是古人说的。"

"我知道。至少你引得好呀。"文娟思忖着,不说话了。

过了好长一段时间,文娟都不作声了。子翔坐起来一看,小姑娘睡着了。

第二天,苏文娟醒来的时候,天已大亮。她探出头望望窗外。远处,远山顶着白云,蓝天静静地张着,是个清新而朦胧的早晨。再往下看,发现子翔正仰着头笑眯眯地看着她呢,于是她不禁也笑了,并礼貌地打了一个招呼:"早上好!"新的美好的一天已经开始了。尽管旅途漫长而乏味,但是因为有了子翔这样一个可亲而又可爱的哥哥陪伴,苏文娟并不觉得日子难挨。

而对于子翔来说,这个清新脱俗而又诗意的女孩所带给他的已不仅仅是快乐了,还有一种心灵上的震撼。她使人很自然地会想起一句诗:"承受人世间最初的投影,心是明净的湖泊。"在她的脸上、眼睛里,处处都可以看到这样的湖泊。小姑娘也增强了他作为男子汉的自信心与责任感。

"快到车那头洗漱一下,一会儿,我带你去餐车吃饭。"子翔耐心得像一个辅导老师。

然后，他们一起吃饭，一起快乐地聊天，谈天说地，笑声频频。可是到了下午的时候，子翔的话题明显少了，好几次都沉默不语。因为他知道，再过两站，他就要下车，转乘别的列车了。尽管深知，人世间没有不散的筵席，但他还是感到了一种淡淡的伤感。他试着用最平静的口吻对她说："文娟，再过两站，我就要下车，转乘别的列车了。后面的旅程，你一定要特别小心。不要轻易跟陌生人说话。还有，没有什么事，不要下车。如果一定要下车透透气的话，要带好随身带的包，听好广播，别误了上车。"子翔喋喋不休地嘱咐着，连他自己都觉得有点婆婆妈妈。这个简简单单的女孩不知怎的竟让他萌生了太多难以割舍的牵挂和一千一百个的不放心。这究竟是为什么，连他自己也说不清。

"你要走了？后面就我一个人？"苏文娟一脸的茫然无助。说实在的，一天半的相处已使她在心理上对子翔产生了很强的依赖感、安全感。而此刻听说子翔要走，内心自然就像掏空了似的难受。

过了很久，文娟突然问："子翔哥哥，我们还会再见面吗？"说真的，从小到大，苏文娟就一直渴望着能有一个威猛无比、坚强有力的大哥哥来庇护她。而眼前的子翔，尽管不高大、不威武，但是却以他的细致、善良和真诚深深折服了她，也以他的诗意与才华深深打动了她，使她相信他就是她值得信赖的大哥哥。

"会的，我想会的。到了天水，我会去收集最好看的邮票，还有你要的图片介绍，按你写的地址给你寄去。"子翔目光灼灼地对她说，言语间充满了温情。

很快车子到站了。子翔一只手提起行李袋，另一只手腾出来与文娟握别。轻轻说："小姑娘，要学会坚强。好好地生活，好好地写作。对了，领到获奖证书，替我多摸摸它，我可是很羡慕哦！"文娟听出来了，后面的这句话是开玩笑的，可她却怎么也笑不出来。鼻子酸酸的，难过极了。

她就这样痴痴地望着他绿色的背影走远走远，直到消失在车厢的那一头，忍了许久的眼泪终于憋不住了，夺眶而出。

列车继续向北方驶去，那"呜呜"的鸣声揪人心痛，难道它也会哭吗？

……

"丁零零""丁零零"。如果不是桌上的电话铃声敲断了苏文娟绵长的回忆，也许她会这样一直地想下去。

她轻轻地拿起了话筒。电话那头是行政部廖主任熟悉的声音："是小苏吗？苏总让你到他办公室一趟。"

"他找我？什么事呀？"苏文娟皱着眉头，感到有一些疑惑。

"不知道。你去了就知道。现在就去哦。"

"那好吧。"苏文娟放下电话，在那儿又呆呆地坐了一会儿。

三

总编室的门虚掩着。苏文娟犹豫了一下,轻轻敲了敲门。

"请进——"房间里传出的声音似乎有意拉长了半拍。

苏文娟轻轻地走了进去。锃亮宽大的老板桌后面坐着报社的总编苏天启。这是一个五十开外的高大男人,国字脸,鼻子很高,眉毛很浓,笔挺的名牌短袖衬衫裹着他已经发福的体态,用摩丝精心打理过的头发显得缜密挺峭,颇有些成功男士的轩昂气度。客观地说,由此推测,年轻时他应该是一个挺俊朗的小生。

在他身后的墙上方方正正地挂着一幅一米来宽的裱制精细的书法作品。上面写着:"己所不欲,勿施于人。既以与人,己愈有。"是那种刚健利落的颜体,不知是出自哪位书法家之手。

见到苏文娟进来,他急急地从桌后面绕过来,极尽热情地招呼道:"是小苏呀,坐,坐,请坐!"

文娟没有马上坐下来，而是有些拘谨地问："苏总，您找我有事？"

"不急嘛，坐，坐。"依然是热情不减。几日不见，他好像又胖了一圈，衬衫里的肉随时随地在向外挣扎，而他不时用手把胸前和肚前的肉按回去。

苏文娟只得有些不情愿地在他对面的椅子上坐了下来。说实在的，从潜意识里讲，苏文娟对这个高高在上的领导有种天生的畏惧和抵制。不是畏惧他的威严、他的严厉，而是他身上所具有的也许是与生俱来的一种令人反感的气质。在报社里，关于他的花边或桃色新闻可以说是不绝于耳。有一回，一位年轻而妖冶的女子竟然哭着吵着闹到了报社，然而这些似乎丝毫没有影响他仕途的发展，依然是平步青云，前程一片光明。老社长退休后，他以副代正，社长兼总编，在报社可以说是呼风唤雨，众星拱月。但是，尽管这样，苏文娟还是对他敬而远之，能躲则躲，这在报社中多少显得有些"另类"。说来也怪，越是这样，苏天启越是对她关怀有加，每回见到总是嘘寒问暖的，惹得副刊部的其他几个同事心里痒痒怪不好受的。

这会儿，他点燃了一支烟，慢悠悠地吐着烟圈，在烟圈中定定地望着苏文娟。今天，她穿了一件V字领的丁香紫的棉质短袖衫，星星点点的白色小碎花，刚好衬出她飘逸出尘的清秀与淡雅，使她看起来显得特别的与众不同。

看了好一会儿，他才收起了有些恍惚有些迷离的目光，侧着脸问她："副刊部最近人手比较紧，忙坏了吧？"

"还好。下星期钟敏芝就出差回来了，振华也该来上班了。"苏文娟平淡地回答着，恰如其分地把握着上下级之间的距离感。

"工作要紧，身体也要保重嘛。"苏天启把声音放得很低很柔和，"听说，你的小说《星星草》反响不凡，市文联还准备为你举办一个作品研讨会。是这样吗？"

"嗯。市文联的唐主席之前是打过电话，但还不能确定。其实，我个人认为，小说还有很多欠缺，只是读者朋友太宽容我了。"文娟真诚地说。

"哪里。我早就说过了，你是我们这里最有潜力的女编辑。前途无量啊。好事，好事，这也是我们报社的光荣嘛！"苏天启故意加重了语气，还夸张地做了一个挥手的动作。之后，又顺势用手摸了摸他那油光发亮的后脑勺。

"苏总，您找我不只是为这件事吧？应该还有别的什么事吧？"苏文娟不想再绕什么圈子了，只想尽快进入主题。

苏天启停顿了片刻，嘴角挂着笑说："是有点事。你应该也听说了，报社最近要招三名大学生，社里要成立考核组。考虑到老、中、青比例，需要吸收一两名优秀青年编辑、记者入班子，我一下想到了你。"说话的时候，他的眼睛焕发出一种奇异的光彩。

"我？"苏文娟吃惊得睁圆了眼睛，"不行，不行，我没有经验，弄不好会耽误了人家。还是让敏芝、振华或是其他部的什么人去吧。"

"为什么不行？这可是你展现自己的一次机会。许多人可是求之不得啊。"后面的一句话，苏天启说得是意味深长。他又微微地将身子向文娟倾了倾，有些神秘地说："现在无论是职称晋级、提拔还是评先，什么都要来民意测评，群众基础可是至关重要。通过参加考核，可以让大家更多地认识你，也便于你跟大家多沟通，搞好关系嘛。"

对于他说的这层意思，苏文娟心里明白。但是把考核与群众基础联系在一起，感觉还是有些牵强附会，好像也不太像是从领导者口中说出的什么大道理。她犹豫着还是没有答应下来。

苏天启马上拿捏起领导者的腔调说："我看，这件事就这样定了。况且，肖主任也极力地推荐你。"末了，他又放低了调子，幽幽地说："这一切还不都是为了你好？"语气显得有些暧昧。

说话的当儿，他又从桌后面绕过来，再次走到了苏文娟面前，轻声说："小苏哪，你年轻漂亮，又有才气，你可知道，你是多少成功男人心中未能实现的梦想。为什么要将自己自闭起来？为什么不能尝试另外一种生活方式？多出去走走，多结交一些新闻界、文艺界的朋友有什么不好？比如，下一次市里组织专场活动，你就可以随我去露露面嘛！"说着说着，他的手不经意地放在了苏文娟的肩膀上，眼睛长久地直视着她胸前的心形项链吊坠，目光猥琐而灼热,直看得苏文娟心里发慌发毛。

她再也坐不住了,连忙站起来,坚定地说:"苏总,您扯远了。我只想平平淡淡地生活、认认真真地写作,其他的,我什么都不想。如果报社执意要让我加入考核评审组,我没有办法,我接受。没有别的什么事的话,我先出去了。我还有两个版面要送校对室呢。"在苏天启不置可否的瞬间,苏文娟逃也似的离开了他的办公室。仿佛不小心刚刚踩到了一只硕大的无头苍蝇,感到一阵的恶心。

靠近副刊部的时候,老远就听到了发行部陶慧如那高八度的声音。这是报社里远近闻名的"万事通",任何消息到了她这儿,可以说是基本不过夜的。

苏文娟走进办公室,笑着问:"陶姐,又有什么重大新闻发布呀?"

陶慧如回头看到文娟,连忙笑吟吟地迎过来,挺亲热地搂了搂苏文娟的肩膀,说:"小苏呀,我刚从行政部过来,邓主任告诉我,下个月开始,要从奖金中划出一块,与每个人推销广告的业绩相挂钩。通知马上就要贴到公告栏了。这不,我正在跟老肖和小王在诉苦呢。"

"奖金要与推销广告的业绩相挂钩,这怎么可能?不是有广告部吗?"文娟一脸的愕然,她一边走向自己的座位,一边还在思考着陶慧如的话。

"唉,你还不知道我们那个广告部,天上掉下馅饼都未必能接得住!"陶慧如有些刻薄地说。

"不可思议。叫我们这些编辑、记者都去搞广告,大家以后都忙着拉关系、跑业务,那报纸的质量谁来保证呢?"文娟还是无法理解。

陶慧如有些不以为然地说:"这年头,什么都讲竞争激励机制,报社搞改革、赶时髦,看来也不是什么新鲜事了。我现在担心的不是这个,怕的是真的一旦跟奖金挂起钩来,那可怎么办啊?"接着,她又一把抓住了苏文娟的手,有些无助地说:"小苏哪,我刚调回来一年,认识的人少,出了门就两眼一抹黑,不像你,朋友多、同学多,又有那么多真心崇拜你的读者,你可得帮我啊!说好了,咱姐俩也结个对子,以后你拉单,我跑腿,我们两人合作,保准没问题!"

这一席话说得苏文娟一时竟不知如何是好。她有些尴尬地一笑,说:"我……"真的好想一口回绝她,但很快又想到了苏天启提到的"群众基础",于是只好改口说:"那再说吧。"这样说着,心里不由得一颤:原来圆滑与率真之间有时也只是隔着这么一层薄薄的纸。

正想着,桌上的电话响了。肖主任接起电话,很快,又把话筒递给了苏文娟:"小苏,你的!"

电话那头是一个年轻女子的甜美声音,一听就知道是亮亮的班主任兼语文老师——顾老师。

文娟有些紧张地问:"顾老师,是不是亮亮出了什么事,还是又调皮了?"

"没有,没有,亮亮挺乖的。倒是我有件事想跟你商量一下。"

"你别客气了,请讲。"苏文娟礼貌地说。

"是这样。亮亮的一篇作文《大海的声音》写得蛮好的,我想把它推荐给《小学生习作选》。可是亮亮说你不同意,为什么呢?"

"哦,顾老师,你听我说。这篇习作,我改得太多,孩子自己原创的部分保留不到三分之一。作文交上去我就后悔了,这样的作文本来就不应该上交。真是对不住你。"

"没有关系。其实,现在报刊上发表的学生习作,哪一篇不是经过老师、家长圈圈点点的,你真的不必太认真了。"

"可是这样并不能反映孩子的真实水平,也容易产生误导呀。顾老师,我还是想下一次亮亮有什么出色的习作时再考虑帮他推荐的事。"苏文娟非常诚恳地说。

"其实,学生的进步也是我们学校的光荣和老师的骄傲,说白了,也是我们老师的成绩。你看——"顾老师欲言又止。

"可是,我还是觉得那样不好。"苏文娟还是认真地重复着自己的观点。

电话那头是长时间的沉默。许久,顾老师才一字一顿地说:"哦,也好。那就先这样吧。再见!"语气生硬又带着明显的不悦。

苏文娟还想解释什么,可是对方已经挂断了电话,只留下了"嘟、嘟、嘟"的忙音。她一时竟有些不知所措,而后又下意识地看了看来电显示,想回拨过去。刚按了两个键,又轻轻地放下了。即使电话挂通了,她又能说些什么呢?难道说是自己错了?是应该坚持还是就这样放弃了呢?她不知道该怎样做。于是,有些懊恼地敲了敲自己的脑袋,心里一遍又一遍地问自己:"苏文娟哪苏文娟,你到底怎么了?"

四

章晗之轻轻摁了摁门铃，里面没有动静。他有些烦躁地皱了皱眉，放下旅行箱，把手伸进口袋摸索了一阵子，掏出钥匙，开了门。

"英姐，英姐！"叫了两声，半天都没有人答应，猜想英姐是上街买东西去了。他放下行李，洗了手，走到客厅，一头砸到了沙发上，感觉到全身心得到了彻底的放松。家，永远是温暖的避风港。离家十几天，虽然只是短暂的漂泊，却让他感觉相当的疲累，也使他愈发感受到家的美好与可爱。说实在的，对于自己现在的生活，章晗之还是相当满意的。有一个人人艳羡的家庭，妻子美丽贤惠，儿子聪明可爱。作为一家大型国有企业的老总，他掌控着三千来号员工的命运，是大多数人眼中成功的优秀企业家，一颗冉冉上升的明日之星。而此刻，他习惯性地掏出一包烟，点燃了一支。抬头的时候，正好看到电视柜上方苏文娟和亮亮的"大头照"。照片中文娟的眼睛很大很亮，仿佛正含情脉脉地注视着他，亮亮的眼睛天真无邪，充满了对世界的好奇与希冀。这一大一小就像他的两个影子，在他的生命中无处不在。章晗之这样想着，不由甜蜜地笑了。

亮亮回来得最早。见到爸爸，小家伙高兴得一塌糊涂。晗之也是，在亮亮的脸上亲了又亲，又高高举起儿子，转了好几个圈，然后放下来，说："来，看看爸爸都给你买了什么好东西？"说着，打开藏青色的皮箱，拎出了一包又一包东西："这是给妈妈的，这是给咱们亮亮的，这个哪，是给阿姨的。"

亮亮迫不及待地从他那一包中一把摸出了那盒装的电动汽车，打开来，欢天喜地地跑去玩了。

不一会儿，英姐也回来了。推开门看到晗之，她吃了一惊："章先生回来了？糟糕，晚上没有什么菜。要不然，我再去超市买一点……"

"不用了，不用了，随便煮一点好了。"章晗之连忙摆手说，随后，又拧开了电视机的按钮。

苏文娟回来的时候，天已经全黑了。章晗之见到她进来，急急地迎过来，接过她的包，充满爱怜地说："怎么回来得这么晚？"

苏文娟有些疲倦地说："这几天报社忙得很，好像总有做不完的事似的。"末了，她又侧过脸，诧异地问："怎么回来也不事先打个电话？想搞突然袭击呀？"

晗之狡黠地一笑，说："有这么一点意思。"之后，又说："快洗洗手，来试试我给你买的几件衣服。"

"谢谢老公啰。"文娟娇嗔地努努嘴，又在胃这里比画了比画，"我饿了，还是先吃饭吧。"

一家人开开心心地吃过晚饭，亮亮又忙着去玩他的小汽车了。看来，他对这个新玩具真有些爱不释手了。章晗之轻轻走到儿子身边，蹲下来，挺耐心地问："亮亮，小提琴学到哪一节了？"

"学到贝多芬的《小步舞曲》了，哦，还有《鼓浪屿之波》《送别》，都是妈妈喜欢听的。"

"来，来，来，起来，起来，乖儿子，拉几曲给爸爸听听，也算是给爸爸的汇报演出吧！"晗之兴致勃勃地说着，同时拉了拉儿子的手。

"好主意！"文娟笑着拊掌应和。

于是，英姐搬来了琴架，摆好了琴谱，亮亮就有模有样地拉了起来。琴声婉转而悠扬，使苏文娟如痴如醉。在柠檬灯光晕柔和的拥抱中，她长久地注视着父子俩，心仿佛是一片鼓满风的帆，涨满了温情。这些年，晗之的事业可谓是欣欣向荣，一帆风顺，但是随着事业的发展，他的应酬和各种社会活动也是与日俱增，可以说腾给家人的时间是少而又少了。而温馨此刻，一家人其乐融融，亲密无间，这种单纯的幸福真的让苏文娟感动莫名，她只希望这一刻一直这样延续下去，直到永远。

夜深了，英姐和亮亮都睡着了，苏文娟这才走到房间，拿出晗之给她买的衣服，慢慢地试起来。她先是抽出一件连衣裙。这是一件藕白色的连衣裙，布料是那种时下很流行的丝质棉。她套在身上，在穿衣镜前痴痴地站了一会儿。镜子里的自己，长发披肩，卷曲自如。脸庞小巧玲珑，嘴唇红而滋润。剪裁得当的衣裙裹着她成熟的身子，使她看起来显得亭亭玉立，宛如一朵午夜的百合。当然，她并不难看，但她绝不是十七年前的她了！直到此刻，她才惊异地发现时间改变人的力量是如此之大！她不再是那个穿着白衣黑裙，梳着马尾松，一脸稚气和梦想的瘦小女孩，而是一个打扮入时的、成熟的、心静如水的少妇了。她用手摸着面颊，几乎不敢相信这个事实，而在这一刹那，她是那么怀念那个逝去的小苏文娟啊。

正想着，章晗之进来了。文娟有些羞涩地正想拉上背后的拉链，晗之一把从后面抱住她，顺势把她抱在床上，并关掉了床头的电灯。

月光透过窗帘洒落下来，把一切都刻画得朦朦胧胧。

晗之扳着文娟的肩膀，目光温柔地逼视着她："都说小别胜新婚。老实说，你想我吗？"文娟笑了，她觉得这时候的晗之根本就不像一个驰骋商场的总经理，而更像一个固执的大男孩。她再次认真地端详起这张脸来。他有一头黑密的浓发，两道浓而黑的眉，可是，看起来并不粗野，有时乖起来的时候，是挺文静，挺秀气的。他的嘴唇长得十分好，嘴唇薄薄的。她最喜欢看他笑，他笑的时候毫无保留，好像把天地都笑开了。在他的笑容里，你就无法不跟着他笑。他是爱笑的，这和子翔的蹙眉成了个相反的习惯。子翔总是浓眉微蹙，一副若有所思的哲人态度，再加上那时刻缭绕着他身上的忧郁和感伤气质把他烘托得神秘而耐人寻味。如果把他们比作一幅画的话，子翔好比是一幅意境隽永的水墨画，而晗之呢，则是一幅色彩明丽的水粉画。虽各有侧重，但同样都引人入胜。有时她真的弄不清，在子翔与晗之之间她到底更喜欢谁。有时，她也想，其实，子翔只是她青春年少时的一个梦，而晗之才是她真实生命之所在。嫁给晗之，是父母的期望，是上天的安排。

而此刻，晗之一只手紧紧地箍着文娟，脸轻轻地蹭着她那光洁圆润的脸庞，胡子茬挠得人心头痒痒的。他深深地吸了一口气，有些沉醉地说："好香！娟，你的身上有一种特殊的香味。"片刻，他又问："是不是前一次我到法国给你带回来的香水？"

"不是。那味儿太浓了，我用不习惯。那些香水，我全送给心雯了。"

"那是什么味儿？"晗之又趁机把脸贴到了她的脖颈上，灼热的鼻息挠得人耳红心跳。

怕痒的文娟"咯咯"笑着求饶："别闹了，别闹了，痒死我了！我告诉你，其实那只是一种香皂味。一种用非常非常普通的青草制成的香皂！"

晗之也笑了，他又一次抱紧了文娟，肌肤在手指下颤抖，略微发红，低下头，寻找并爱抚对方身上每一寸地方。苏文娟感觉到一阵洪流排山倒海似的向她汹涌而来。

窗外，月光如水，有无数星星在歌唱。真正的性爱，没有羞耻，没有征服，只是相互间完全的奉献与给予。它发自于内心深处，不借诸外物，只源于对生命最真挚最深沉的爱。那是一种全身心的相拥，而不仅仅只是嘴与嘴，舌与舌之间的纠缠，而是彼此用心灵温柔地擦拭。不急于得到你想要得到的，花朵自会潮湿，山峰自会崛起，远处仿佛有悠扬的琴声潮水般一层层泛起，空山细雨，小桥人家，几只画眉啾然鸣来，他们踏云而行，云卷云舒、花开花谢……

他们就这样长久地缱绻着，直到沉入甜甜的梦乡，连星星都唤不醒他们。

五

　　白天、黑夜、黑夜、白天，日子就这样在指缝间悄悄滑落。转眼，大半个月又过去了。这是一个阳光明媚的星期天。一大早，一阵电话铃声把苏文娟从睡梦中惊醒。

　　"懒虫！还在睡呢。我前天跟你说的事没忘吧？若桐今天回来，下午六点二十的飞机，我五点钟到你家接你。"江心雯连珠炮似的轰炸过来。

　　"忘不了，小姐！我遵命就是了。"苏文娟笑着说。

　　到了下午，江心雯果然准点在楼下等候。文娟笑吟吟地走过来，认真地问："现在去机场，会不会太早了？"

　　"还是早点走吧。今天是星期天，在家歇着也是歇着，不如早点去机场等着。"心雯果断地做出了决策。文娟点点头，上了车。

　　机场出口处人头攒动。文娟、心雯焦急地等候着。

"是六点二十分的，不会弄错吧？"文娟问。

"不会。可能是在办出站手续，或者是取行李了。"心雯一边肯定地回答着，一边环顾四周。突然，她眼睛一亮，大声叫了起来："你看，那个是不是若桐？那个，那个——"说着，她一把牵起文娟的手，向另外一个出口处奔去。

看清楚了，真是若桐！仍然是那乌黑、简洁的短发，橘红色的T恤，牛仔裤，简简单单的风格，跟从前没有什么两样。唯一不同的，是在她的身边多了一位高大帅气的外国男人。不用说，那就是她的丈夫杰克了。他手里拎着一个旅行袋，身上还背着一个大挎包。

"若桐，若桐！"江心雯和苏文娟几乎同时叫出了声。过分的激动似乎使她们的嗓音显得干涩沙哑。

但是，即使是这样，李若桐还是听见了。她急切的目光在人群中搜寻着。片刻，就捕捉到她们。然后，她撇下杰克，拨开人群，向她们飞奔而来。她们就这样朝着彼此的方向奔跑，仿佛要跨过山，跨过海，跨过遥远的时空，一路奔回到从前。

"文娟！""若桐！""心雯！"三个年轻的女子就这样紧紧地抱在了一起。她们不断地唤着彼此的名字，不断地笑着，直到笑到嘴角泪花朵朵。是的，二十年姐妹似的亲情，五年的离别之痛，使她们觉得有太多的话要倾诉，有太多的情感要表达。而此时，一切尽在不言中，只有任凭那激动的泪水恣意流淌……

"你们，你们这是怎么了？"听着这生硬的问话，苏文娟回过头，惊讶地问："若桐，他会说中文？"

若桐笑着说："他曾在中国留学三年。哦，对了，就是在南京大学，修的是东方文学。还不止这些呢，对中国传统文化中的许多东西，他都蛮感兴趣的，也颇有研究的。"

心雯轻轻揩去眼角的泪花，有些羞涩地说："真是不好意思，你看，我们像一群孩子。"

"哦，没有关系，"杰克耸耸肩，挺真诚地说："我只是有点紧张，不知道该怎么办才好。你们真是太好了，真的让人很感动。"

若桐接下去说："来，现在正式介绍一下。这是我的老公杰克。这两位是——"还没等她说出名字，杰克一下就抢过来说："苏文娟、江心雯。从我们认识的第一天开始，你就不断地提她们的名字，连梦中都不止一次地叫她们的名字呢！就不知道哪位是心雯，哪位是文娟？"说话的时候，他的脸上呈现出一种百闻不如一见的兴奋感。

若桐有些不好意思地笑了笑说："看你胡说的，现在我告诉你，这是心雯，这是文娟，可要记好了。"

她们俩都微笑着友好地向杰克点了点头。

"若桐，你父母一定等急了，你也一定归心似箭了，我们还是先上车，再慢慢商议后面几天的安排吧！"文娟一边说着，一边接过了若桐手中的小旅行袋。

"还有专车接送？真是好待遇！"李若桐孩子般的一阵窃喜。

"别看我，我可什么都不是。"苏文娟说着，俏皮地朝心雯努努嘴："那可都是我们大主任精心安排的！"

"好啊，心雯，你这个办公室主任，竟然也会利用职务之便。"若桐笑着轻轻捶了捶她的背。那份高兴与喜欢，从她的拳头，一直捶进心雯的心里。

"千年等一回嘛。偶尔、偶尔。"心雯带着几分得意笑了笑。

几个人说笑着上了车。若桐找了一个靠窗的位子坐下，然后趴在窗口，急切地望着窗外渐渐抛到车后的一景一物，有时又突然站了起来，似乎要把什么看得更真切。那样子极像个不安分的孩子。天还未全黑下来，但远处已有华灯初上。许久，她有些伤感地说："这座城市变化真的太大了，我都有点不认识她了！"而后，又极认真地问："对了，那个通往我们××女中的剪子巷呢？就是我们以前放学常常走的那个小巷。我还记得有一回，我们三个人在巷口买了一块五角钱的葱花饼，还分着吃呢！我记得就在这个方向，是不是还没有到？"

"两年前拓宽道路的时候拆掉了。"心雯淡淡地说着，别有一番滋味在心头。

若桐沉吟了片刻，然后感慨万千地说："五年了，物换星移，一切都改变了！"

"水绿山青，唯有真情是不变的！"文娟说着，把她那柔软的一只手轻轻地放在了若桐的手心里。

"嗯。"若桐轻声地应答着,声音像是叹息,又像是梦呓。同时,她的另一只手也迎上来,紧紧地握住了苏文娟的,眼眶内有泪光在闪烁。

还是江心雯打破了车内的沉闷,她那风风火火的个性随时都展露无遗。

"若桐,就快到你家了,快说说后面几天的安排。"

一提到这,若桐就来了精神:"这回公司就批了我们二十多天的假期。扣除路上往返的时间,在国内停留的时间可能只有二十天。杰克还想去北京和上海,所以待在这儿的时间我想顶多只能十天左右。"

"哎,有没有搞错?才十天?这么短。"文娟简直无法理解。

"杰克对北京向往已久,在美国就查阅了大量有关北京的资料,单剪贴本就做了好几本呢!他对东方文化的痴迷劲儿真的让人很感动,所以有时也不得不做出点让步和牺牲了。"若桐深有体会地说。

"看来,若桐还是变了,变得细腻而又善解人意了。"文娟调侃道,之后她又歪着脑袋问:"看来也只能这样了。但是时间这么短,怎么安排呢?"

"因为我们结婚才刚刚两个月,所以我爸妈,当然我和杰克也想趁着喜气再补办一个中国式的婚礼,穿唐装、发喜糖,让亲朋好友再热热闹闹地聚一回。心雯,你最擅长搞策划了,到时候好好帮我谋划谋划。再有嘛……"若桐思忖了半天才说："就是去看看旧日的老师、同学，然后再到处走走。应该说时间还是有的。"片刻，她又说："对了，杰克听说我们这座城市已有两千多年的历史，文化底蕴挺深，附近的寺庙也不少，特别想让我们带他去看看。文娟，你看，清泉寺怎么样？"

"好是好，只是人太多，太嘈杂了。"苏文娟想了想说。

"哎，文娟，前次我大连的朋友来，你带我们去的那个什么寺就挺好的。山清水秀，颇有点'白云生处有人家'的意境。"心雯迫不及待地插话。

"是普贤寺吧？"文娟脱口而出。

"对，对，就是它！"看来这个地方给予心雯的印象也是挺深刻的。

"那地方固然好，只是太远了，又在野外。"苏文娟有些犹豫地摇了摇头。

"没关系，没关系。"若桐显然也来了兴趣，她有些激动地说："在美国的时候，天天穿行在水泥钢筋筑就的森林里，每天都是家、办公室、汽车、超市，真的感觉挺累的。我也正想到那世外桃源去吸一吸新鲜空气呢！"

"就这样说定了。还是聘请苏文娟小姐当我们的美女导游吧！"心雯不失时机地凑上一句。

停了一会儿，苏文娟若有所思地说："这样看来，明天我该到单位去申请休假了。正好，我也早已有休假的打算。"说着，她又回头对心雯嚷道："心雯也是，明天赶紧去单位申请休假！"语气有些霸道。

"我？要是领导不肯批怎么办？"心雯一脸的无可奈何。

"大不了辞官不干了！"文娟干净利落地奚落着，自己却笑出了声。

"不好，不好，如果不行，千万不要勉强了，不要影响工作。"杰克连忙摆摆手，一本正经地说。

"杰克，你甭管她。若桐的归来就是我们三个人的节日，她别想临阵脱逃了！"文娟的口气不依不饶。

"好了，好了，小姐，我妥协了！不是最坏还有一招——装病呗！"心雯吐了吐舌头，还扮了个鬼脸。若桐、文娟、杰克都开心地笑了。

文娟回到家的时候，晗之正坐在沙发上翻着当天的晚报。"怎么没有出去？"文娟感到有些意外，因为下午出去的时候听他说要约几个朋友打网球的。

"我左思右想，还是不去了。难得有这么一个星期天，在家陪陪老婆、孩子也蛮好的，免得到了年底，有人要给我一个'不合格丈夫'的奖牌了！"晗之诙谐地说。

"所言极是也！"文娟轻松地回应道。

片刻，晗之放下报纸，抬头问："怎么样，见到若桐了？是不是变了很多？"

"还好，老样子。"

"本来明天应该请若桐吃饭的，可是，后面几天又忙得很，还有几个大项目要谈。"他有些内疚地说，继而又说："这样吧，明天我给你们派一辆车，你先带他们到处转转。"

"真的？"文娟喜出望外。

"我什么时候骗过你了？"

"那司机就不需要了。若桐、杰克都会开车。"

"傻瓜！人家大老远来，有这个道理吗？我还是派小陈跟你们一起去吧！"晗之体贴地说。

"谢谢老公！"文娟高兴地做了一个"kiss"的动作，当然也只是虚晃一枪。然后，她又蹲下身来，在电视柜下面的柜子里翻找着东西。

"英姐，英姐，我的那个挎包呢，还有那双旅游鞋呢？"

"我来找，我来找。"英姐边答应着，边笑着跑了过来。湿漉漉的手在围裙上搓了又搓。

她们仔细地翻动、整理着东西。苏文娟的心已经被喜悦充盈得满满的，她就像一位即将参加春游活动的小学生，认真地做着出发前的各项准备工作。

六

  这天早上,苏文娟起得很早。吃过早饭,她就穿上了那套粉红色的T恤套装,又用那条蕾丝花边的牛筋发圈把头发束成了一把马尾松。镜子前一照,嚯,英姿飒爽的,仿佛一下子年轻了好几岁。她背上拎包,匆匆下了楼。

  天气晴朗清新,太阳斜斜地照射在街道上,路边的树枝上还挂着隔夜露珠,微风柔和地吹拂着,天空蓝得澄清、蓝得透明,是一个十分美好的早晨。

  走在路上,苏文娟感觉到心情已经很久没有这样轻松和舒畅了。她不疾不徐地走着,温柔地向每一个人点头致意,相识的,不相识的,甚至于都想对树上早起的欢快啁啾的鸟儿,轻轻地道一声:早上好!

  到了小区门口,司机小陈已等候在那儿。他上下打量了一下苏文娟，嘴角闪过了一丝神秘的微笑。敏感的苏文娟一下就明白了他的意思，有些不好意思地说："是不是我……"她知道总经理夫人本不该是这样一身装束。

"不是，不是，您今天看起来特别年轻也特别有精神，真的！"小陈发自肺腑的神情使人不忍怀疑他的真诚。

他们先是接了江心雯，然后又驱车去湖滨花园接若桐夫妻俩。经过两天的休整，他们已明显退却了由于旅途劳顿带来的疲累，显得神采奕奕，精神焕发。

车子向远方飞驰，将城市的浮躁与喧嚣远远地抛到了身后。经过三个多小时的颠簸，他们终于来到了普贤寺。

都说"深山藏古寺"，一点不错。普贤寺就隐藏在这绿树参天的茫茫林海里。从山门到寺庙要走八百多个石阶，这个数字曾经让无数游客望而却步，又让人未进古寺便有一种幽深肃穆之感。

天气闷热异常，连蝉鸣都显得有气无力。灼热的阳光从树叶的罅隙中渗透下来，洒下了一串串斑斑驳驳的树影，给予了游人无数缝缝补补的想象，也牵动着苏文娟轻轻柔柔的心。

不知道为什么，每一次到普贤寺来，不经意间她都感觉自己好像在找寻着什么。人生的每一个点面，都在找寻的过程中凝结。从过去到现在，又从现在到未来。于是，世事多舛、岁月无痕的感慨便一次又一次涌上多感的心头。

她不知道当年子翔为什么要带她到这个"云深人未知"的古寺

来，要知道，那可是他们第一次也是仅有的一次单独旅行啊！

才几个月不见，子翔明显消瘦了许多，也沉默了许多。没有了列车上曾经属于他的朗朗笑声与俏皮话，而代之以深锁的眉宇、满腹的心事。子翔说，那是他二十二年的人生中最为惨淡的一段日子。到了天水之后，他先是被当地的教育局搁浅了一段时间。推荐了几家单位，由于专业的原因，也总是磕磕绊绊的。好不容易被分配到了一家研究所，又无法去他心爱的实验室，却只能在行政办公室里打打杂、跑跑腿，闲时便喝喝茶、看看报。单调而平板的办公室生活容易使人变得实际、庸碌和暮气十足。他必须去适应复杂的人际关系，必须去适应很无聊的重复劳动。在铺着地毯的会议室，一盘水果、几瓶饮料和一群高职称的学者的闲谝。他说，他不怕忙、不怕累，怕的就是自己的热情与青春就这样被慢慢耗尽，理想、抱负会一点一点地被生活吞噬。而就在这个时候，曾经心爱的女孩因为家庭的反对和对未来缺乏信心，一夜间也十分决绝地离开了他。曾经是豪情万丈、满怀憧憬，而如今的他真正地成了一个一无所有的多余的人。

当年十七岁的苏文娟对于人生的艰辛并没有多少的感悟，也不太懂得爱情，她更弄不清为什么爱可以使一个人幸福无比，又为什么可以使一个人如此痛不欲生。她只是默默地听着子翔倾诉，倾诉他的苦、他的痛，还有那说不出苦痛的忧伤。但是，他的痛苦与忧伤无疑深深地牵动了她的心，她的眼睛渐渐湿润了。

子翔带着苦笑说："文娟，你说，我真的那么没有用，真的是一无所有吗？"字字句句都渗着血。

文娟拼命地一个劲地摇着头。

子翔说，普贤寺离他就读的小学最近，可以说，他是听着普贤寺的晨钟暮鼓长大的。小时候，每当看到进进出出的僧侣，他常常在想，红尘万丈，有那么多可以留恋、值得留恋的东西，为什么要把心事静坐成佛前的一朵莲花呢？而今他终于明白了，"哀莫大于心死。"他说，有时他真的希望离开这纷纷扰扰的世界，就这样不走了。但他又毕竟是一个俗人，有太多的牵挂与梦想，即使看不清远方的路又必须往前走。这种矛盾与挣扎常常使他痛苦不已，不能自拔。

半晌，他又忧郁地望着文娟，幽幽地说："文娟，你相信缘分吗？有的人终身相守，却未必能了解对方，有的人虽然缘悭一面，却可以成为知心牵手的朋友……比如我们。"

文娟善解人意地点了点头。是的，她相信缘分。如果不是缘分，他们不会邂逅在那一节窄窄的车厢里，使她从此知道了世界上原来还有"程子翔"这么一个美好的名字；如果不是缘分，她这个父母眼中的乖女儿也不会背着父母仅仅凭着一面之交和几次短短的通信就随他到这深山古寺中来，生命中有了第一次小小的背叛。

他们回到城里的时候，天已经全黑了。踯躅在霓虹灯闪烁不定的十字路口，子翔说，他有一种茫然不知所至的迷失感。

苏文娟没有说话，只是将小手放进书包，慢慢地掏出一本书，从书中取下了几片叶子。月光下，看清楚了，那是几枚不同颜色、不同形状的叶脉书签。

"怎么做的？"子翔感到有些好奇。

"先挑好不同形状的叶子，然后再把它们放在淘米水里，等叶子肉退去后，再把叶脉浸泡在不同颜色的颜料水里，隔几日就做好了，方法很简单。"文娟天真地说："我只想告诉你，生活是五彩缤纷的，也是多姿多样的，爱她，相信她，不要轻易说放弃！"月光渗进了她如梦的眼睛和浅浅的笑容里，使她的脸蒙上了一层天使一样的光辉。

子翔感动得想哭。那一刻，他真的有一种冲动，想把这个小小的瘦弱的女孩揽入怀中，甚至把她揉捏成一个一寸大的小人放在口袋里，伴随他行走天涯。但他最终并没有说出来，只是长久地看着握在手里的书签，深沉地说了一句："谢谢你，小姑娘！走吧，我送你回家！"

这个夜晚，苏文娟怎么也睡不着，眼前老是闪过子翔忧郁的眼睛，耳边不断地重复着子翔沉重的叹息。她披衣下床，拿起笔，对着月光，满含深情，写下了给子翔的第一首诗——

假　　如

假如到处都是残垣断壁，

我怎么能说，

道路就从脚下延伸呢？

滑进瞳孔里的一盏盏路灯，

难道你以为，

滚出来的就真是星星？！

我不能再欺骗你，

让心像一片颤抖的枫叶，

写满那些关于春天的谎言。

我不能再安慰你，

因为除了天空和土地，

为生存作证的只有时间。

在被黑夜碾碎的沙滩，

当浪花从睫毛上褪落时，

身后的海水却茫茫无边。

可我还是要说，

等着吧，

等着那只运载风的红帆船……

第二天早上，苏文娟就把信寄出去了。她知道，那一刻，程子翔正坐在北行的列车上，孤独而忧伤地望着窗外。去天水的路千里万里，她只愿他一路平安。

十天以后，子翔回信了。他说，收到她的来信，一夜无眠。如果生命中真有那么一艘红帆船翩翩而至，他愿意用一生去等候。在以后的日子里，他们常常通信。北方的积雪南方的雨，北方的白杨南方的柳都成为他们谈话的主题。文娟常常也引用一些名人坎坷的人生经历激励鼓舞着他，子翔又渐渐恢复了他的自信、坚强与活力。由于他的不懈努力和出色表现，半年之后，他终于如愿以偿地走入了实验室。子翔说，希望玫瑰色的开始终究有玫瑰色的结局；文娟说，但愿水绿山青，真情永存。而每次，子翔都亲切地喊她"小姑娘"，而文娟则习惯地称他为"远方的大哥哥"。

那时候，若桐、心雯打赌说：你们相爱了，像小说里写的那样。也许，感情的事总是那么微妙，不是轻易能抵挡得住的。像潮涨时，先是看不到涨潮的痕迹，等到看见时，已经淹到自己站立着的地方了。这份感情就像涓涓的细流，潺湲轻柔而美丽。文娟不能肯定那算不算爱情，但她确信，子翔是真的在乎她，真的珍惜这一段晶莹如水的美好感情的。因为珍惜，他可以长久地站在北方冬夜寒冷的风中，只为了在电话亭里等来她一声轻轻柔柔的呼唤；因为珍惜，他可以一口气抄录长达十二页的《苏霍姆林斯基给女儿的一封信》，只为了教会她什么是爱与珍惜；因为珍惜，在她生日的那一天，他可以千里迢迢、一路风尘从天水赶来看她，带给她今生今世最美好的一份生日礼物。多年以后，当每一个孤独寂寞的夜晚降临，当每一个无人喝彩的生日到来，她都会长久地伫立在窗前，怀抱忧伤，在忧伤与虚无之间，想象着有那么一位穿风雪衣的少年出现在窗前。爱着那样的面孔，还是爱着那样一个人，抑或只是爱着曾经爱着的那一份感觉？有时，她自己也似懂非懂，无法取舍。少年的情事会穿越记忆里的春夏秋冬，和着深秋的风扑面而来。一切皆已逝，不可追，而唯有这样毫不知觉地、一点一点地细心翻捡，让往事一一上演，才能在多年之后恍然大悟：原来那个花落如雨、和风细细的时节，原来懵懂的年纪里，一颗小小的心里有深如海的渴望，有一份真挚如许的爱环抱着自己。这种爱任凭岁月无情也自有一份特别的光辉。而因为隔着时间去看，去惊讶，也许只有那样的云淡，那样的风轻，不热烈、不激情，才能够从从容容、自自然然。不必有承诺，也不必有悔、不必有恨，有的，只是美好的往昔……

"文娟，文娟，杰克在问，普贤寺有多少年的历史了？"江心雯的一声嚷嚷打断了苏文娟的回忆。见苏文娟反应迟钝，她又用手抓了抓她的胳膊，仿佛连她记忆的火星都要掐灭。

"你是说普贤寺？"文娟半天才回过神来，然后她甩甩头集中起全部的注意力，专注地介绍道："我看书上说，普贤寺建于唐大中元年（847），比清泉寺还早了六十一年。全盛时，山中有'七寺三十二庵'。后来几经世事沧桑，古寺渐渐破落缩小。但是传说普贤寺佛光照人，非常灵验，也出过不少的名僧。每当晨钟夕梵，钟板声回荡山谷，禅光就直透云霄。你们看，这个寺庙的位置也是非常有趣的，可以说是'古寺中间四面山'。看，那几座山就是绵延百里的芙蓉峰，重峦叠翠如九朵芙蓉。芙蓉峰左边是海拔九百多米的留雪峰，隆冬积雪，经月不化，有江南北国之妙景。它的右侧有著名的报雨峰。报雨峰上的通天石，久旱时如发出呼啸声涛，即日就有大雨降临，至今仍然灵验，因之人们称其为'通天灵石'。再看，与报雨峰并肩的那座山峰，像什么？它看起来特像一尊顶天立地的大佛吧？它面向西天朝拜佛国，所以后来的人就叫它弥勒峰了。登上峰顶，向西望去，'一览众山小''天际渺无极'，顿时会使人产生飘然欲仙之感。传说当年弥勒来此地，撒开布袋，因此众山列峙就成了布袋形。袋口留一峡谷出水，就形成了我们进山时看到的那条玉带溪了。"苏文娟是娓娓道来，若桐和杰克听得是如痴如醉，尤其是杰克更是惊讶得张大了嘴，目光中充满了崇敬和神往。

古寺外，庭阶寂寂。一位年轻的僧人正细心地清扫着台阶上的落叶。听到有来人，他微微抬起头，目光和善但不慌乱。当走在前面的苏文娟经过他身边的时候，他轻轻道了一声："施主好面熟！"心雯紧跟上一步，偷偷问："他竟然还记得你？"苏文娟笑了："浩渺人海，怎么可能？只能说明我和佛特别有缘吧！"

走进古寺，更见它的清幽雅致。文娟一边在前面引路，一边回头低声对杰克和若桐说："普贤寺的楹联也是相当有味道的。比如前面这一副：'不雨花犹落，无风絮自飞。'表面上看，它只是写秋天的美好景色——花落不因雨下，絮飞不因风吹，实际上却揭示了非常深刻的佛家道理。世事无常、人生凄然，只有执着于生命而又超脱于生活，才能体会人生真谛。再看右边那一副：'泣露千般草，吟风一样松。'这是寒山子的原句。他说的是修行道路上的艰辛困苦。其实，我想，人生亦然，同样是道路崎岖，百折千回。只要用心体会，还是能理解其中的深意的。你们说呢？"

之后，文娟又说："普贤寺几经修葺，现在留下来的是明万历年间重修的房子，三进三叠。我们现在要进去的是天王殿。后面两个依次是大雄宝殿和观音阁。在主殿的两侧，有禅堂、客堂、钟鼓楼、藏经阁等，同样是错落有致。"

步出天王殿，穿廊历庑，他们来到了大雄宝殿。这里佛相庄严，画梁雕栋，虽然有的地方已经明显剥落，但昔日的辉煌仍可窥见一斑，也足以显示其年代的久远了。杰克显然对那些菩萨、罗汉的塑像产生了浓厚兴趣，他认真地逐个询问着，苏文娟倾其所有、不厌其烦地一一加以解答。当他们走到一处三尊并列的佛相前时，苏文娟虔诚地双手合十，闭目膜拜，那样子像极了皈依佛门的比丘尼。

参观完普贤寺，他们在寺内用了午餐，然后又兴致勃勃地去爬了芙蓉峰和弥勒峰，下山时已近傍晚。车子载着他们急急地向他们居住的城市驶去。

夜幕降临，整座城市都亮起来了。到处是华灯高照，熙熙攘攘的人群、川流不息的汽车，灯光闪烁，像银河从天而降。环形路上，一座座立交桥犹如道道彩虹。街道上，照明灯、草坪灯、喷泉灯、礼花灯，装点着美丽的城市。商业街上，明亮的橱窗，绚丽多彩的广告，五光十色的霓虹灯，把繁华的大街装扮成了比白天更美丽的"不夜城"。这与刚刚离去的普贤寺相比，完全是两个世界两重天。

望着窗外的夜景，江心雯发自内心地感叹道："看来，我这辈子也只能做一个俗人了。"然后，她又摸了摸肚子，大声叫起来："哇，真是饿昏了！中午吃的斋饭一点油都没有，太不管用了，赶快到哪里加加油吧！"

若桐笑着奚落她："看你在山上的时候顶礼膜拜，挺像那么回事，原来全是假的，这不，原形毕露了吧？"

心雯调皮地吐了吐舌头说："没听说过'酒肉穿肠过，佛祖心中留'吗？"

文娟笑着提议："去上海西餐厅怎么样？那样，杰克可能会更适应一些，而且那里的环境也好。"

"杰克就不用专门考虑了。他对中国菜蛮适应的，我也在渐渐培养他。况且，一比三，少数服从多数。我看，我们还是去那家老字号的海天酒楼吧！我对那儿挺怀念的。五年了，都不知道变成什么样了。"若桐说。

杰克举手表示赞同。于是，汽车又载着他们向海天酒楼进发。

海天酒楼还在老地方，门口仍然是串串高悬的红灯笼，门上漆着蟠龙彩凤，房间里点着红灯红烛，一派喜气，依然保持着原先那种很中国很复古的情调，只是老板已换了一个。他们在靠窗的几个位置上坐下来，一人点了两三道菜，然后就让侍者上酒、上菜。

席间，不记得在谈到什么一个话题时，杰克忽然蹦出一句："我发现苏小姐是一位非常非常可爱的女人！"一句话把大家都说得愣住了。

若桐杏眼圆睁，故作生气状："好哇，你。幸好说的是文娟，要不然，看我的厉害！"说着，她握了握拳，在他面前晃了晃。

"了得，中国功夫！饶了我吧，我的中国公主！"杰克佯装讨饶。

在公安专科的时候，李若桐是校跆拳道的冠军，这是个不争的事实。不过这会儿，夫妻俩一唱一和，有些夸张的滑稽搞笑倒是把大家都逗乐了。

停了片刻，杰克又挺真诚地说："说心里话，我真的是挺鉴赏文娟的。"

"鉴赏？"心雯"扑哧"笑出了声："文娟，你没听，他都把你当作出土文物了。应该是欣赏吧？"

杰克不好意思地拍了拍自己的脑袋，赶紧改口说："对，对，对，是欣赏。文娟不但 very beautiful，而且特别有才华。无论是在介绍风景，还是在解释佛家道理时，说出来的语言都像诗一样的优美，真是太奇妙、太动听了！"

若桐连忙补充说："这叫'腹有诗书气自华'。"见杰克不甚理解，她又接上一句："也就是'秀外慧中'，懂吗？"看到他仍然是一头雾水，不知所云，于是只好放弃了，调高了声调说："看来，你的中文还需要恶补一番。现在，还只能套用你原有的表达方式，再加上两个'非常'了，这样说：苏文娟小姐哪，是一位非常非常非常非常可爱的女人！"一席话又把大家逗笑了。

半晌，若桐又认真地注视着文娟，好奇地问："文娟，中学时没听说过你喜欢佛教呀？什么时候开始对它有这么深的研究？"

"其实也没有什么，只是觉得自己的心境常常与佛理中的禅境有某种契合，所以就喜欢了。"当然，另外一个原因是因为子翔，但她没有说出来。

若桐思忖了片刻，仿佛恍然大悟了什么，慢慢地说："怪不得当年在我们××女中前的十字路口的那根电线杆下，总有一两个痴情的陌生男孩等在那儿，原来在文娟的身上确实有着一种与众不同的东西。下辈子我若是个男人，一定要娶苏文娟这样一个柔情似水的女子。"

这句话可把心雯的醋坛打翻了，她"虎视眈眈"地嚷起来："好哇，你们！那我呢，我呢？"

"你嘛，"若桐骨碌碌地转动着她的大眼珠，又扑闪了一下，说:"凑合着做个丫鬟吧!"

"好啊,你!"心雯假装生气地站起来,伸手要去拍若桐的肩膀。

文娟连忙摆手说:"好了,好了,别闹了。我退出,我退出!"

若桐恨恨地瞪了她一眼,有些心疼地说:"你呀,怎么老毛病又犯了?什么都要让、让、让。为什么不能学会霸道一点、自私一点,甚至更坏一点呢?"

"这才是苏文娟嘛!"心雯不加思索地应声答道。

文娟羞涩地低下了头,两朵红云悄然跃上了她的脸颊。店中央的吊灯刚好照射在她的脸上,使她脸上的红晕显得更红了。她轻轻地说:"拜托诸位了,不要再谈我了。否则,我真的要到哪里找一个缝儿钻进去了,还是说说明天的安排吧。"

"明天的安排,我在车上都已经想好了。"若桐当机立断地说,"明天,放杰克一天假,他自己到处走走、采采风。我们姐妹仨,先到学校走走,看看老师,再到南山湖去划船。怎么样?"停了停,她又说:"你们不知道,在美国的时候,我常常回忆起中学时我们在一起的那些日子,还有那些老师、同学。还记得我们当时给老师起的那些稀奇古怪的绰号吗?真是太损了!什么'眼镜''长颈鹿''竹竿'呢,还有文娟起的那个'万吨轮船'……"

文娟不好意思地说:"我们当时真的是太幼稚,太不懂事了!"

心雯不容置疑地说:"唯其不懂事才能凸显那个年纪的天真与

浪漫嘛，而我们现在就是因为太懂事了，才失去了多少当年那种创造性的思维呀！"

若桐、文娟不约而同地点了点头。

若桐说："怎么样，对我的安排大家没有意见吧？没有意见，就击碗通过！"

于是四个人有的拿起了筷子，有的拿起了勺子，还有的拿起了叉，"丁零咣当"的声音响作了一团，和着他们的朗朗笑声。

新的美好的一天正等待着他们去展开画卷。

七

　　落日熔金，晚霞透过云层，在清澈碧绿的湖面上，洒下了千万道绚丽的光环。这是南山湖一天中最美的一瞬。湖水如同一缸浓浓的绿酒，光滑得像要溢出来似的在芳草纷披的绿岸间展开，蜿蜒地向前伸去。近处是伸展开去的濡湿、鲜绿的湖岸，岸上有垂柳、芦苇、草地、花园和别墅；再远一点是深绿的、树木繁茂的、有着古屋和废墟的陡坡；最远处是一片耸立着峭壁巉岩和群山绵亘的紫白色的远景。万物都沉浸在柔和的、晶莹的、蔚蓝色的大气中，都被从云缝里射出的落日的光辉照耀着。湖上也好，山上也好，天空中也好，没有一丝完整的线条，没有一片完整的色彩，没有一个同样的瞬间；到处都在动，都是不均衡，是离奇变幻，是光怪陆离的阴影和线条的混合和错综，而万物之中都蕴藏着宁静、柔和与统一的美。

苏文娟显然是被这落日、山水深深地迷住了,她托腮凝思,许久都一动不动。晚风拂起她乌黑的长发,吹动着她淡蓝色的裙裾,夕阳把她定格成了一幅浓淡相宜的精致油画。

"想什么呢,文娟?"若桐坐在船头,轻声地问。

"我在想,如果一个人能常常有这样的心境、这样的朋友、欣赏到这样的落日黄昏,真的是一种幸福、一种无上的幸福!"文娟有些自我陶醉地说。

"那好办哪,可以叫心雯常常陪你来啊!"若桐说。

"对啊,对啊,只要你愿意,我可以时时陪你来,朝阳、落日、雾霭让你看个够,哪怕是阴天、雨天、下雪天!"心雯孩子一般爽朗地笑着,划动着的双桨欢快地挑起了一簇簇的水花,拖动着一道又一道深深浅浅的波纹。

这时,若桐又指着远处的一片树林说:"心雯、文娟,还记得那片浓密的香樟树林吗?我们中学毕业的最后一次联欢会就是在那儿举行的。当时的许多场景我都还清晰地记得。那一天,叶老师让我们每个人都表演一个节目,五音不全的我,赶鸭子上阵,唱了那首《我们的田野》。虽然在台下已经默念了许多遍,结果上了台还是两处卡住,现在想起来都让我脸红心跳的。心雯最逗了,学的是猫啊狗啊之类动物的叫声,似像非像,还随意发挥,逗得大家捧腹大笑。文娟那天穿了一件乳白色的连衣裙,扎了一根小辫子,小辫子一翘一翘地走到圆圈中间,朗诵了一首小诗。诗的名字我已经不大记得了，但诗本身真的很美，我至今仍然记忆犹新。"说着，她喃喃吟诵起来：

  记得当年年纪小，
  你爱唱歌我爱笑。
  有一回树下睡着了，
  梦里花落知多少。
  ……

"那也是我最喜欢的一首诗，是小时候我爷爷教会我的。爷爷说，在我的故乡萧山，有很多孩子都会念这首诗。只可惜，逝者如斯夫，美好的童年、少年时代已是一去不复返了！"文娟说着，目光投向了那汩汩横流的碧波中，神情落寞而感伤。

若桐有些心疼地说："文娟，你总是多愁善感得让人担心。两年前，我到香港出差，偶然间在中文杂志上看到你写的那个中篇《给我一个活下去的理由》，看了以后难过了好一阵子。为什么写得那么忧伤呢？"

"哦。那时候我刚好负责一个妇女专栏。当时，报社要我做一个婚姻状况的调查，这使我有机会接触到许多不同年龄、不同阶层的女人。直观的感觉告诉我，不止三分之一的家庭是不美满的，是缺失爱情的。那些因为婚姻而徘徊在痛苦边缘的女人，当初她们踏上红地毯的那一瞬，曾经也是充满着美好的憧憬与期待的，但是后来她们失望了，甚至是绝望了。她们的眼泪与倾诉使我不能呼吸、不能思考。那段时间，我真的和她们一样痛苦。带着那样的情绪，我写完了《给我一个活下去的理由》。"

若桐听着听着，微微低下了头，许久都沉默不语。

"若桐，若桐，快把好舵，我们的船在打转转呢，不能前进了！"心雯大声地叫起来。

若桐连忙左右开弓，用劲地划动着双桨，调转船头。很快，船身又恢复了平衡，继续向前行进。

若桐忽然眼睛一亮，她抬起头，望着文娟说："文娟，你看，有时候，当人走到无路可走的时候，也许转个身就是方向……方向的转换，也许可以帮助你另辟蹊径，从另一个角度找到答案。所以，凡事都不要太绝对了。"

可能是若桐的话给了苏文娟某种启迪，她陷了更深的沉思中。顷刻，她又抬起头，有些不解地问："若桐，你原来一向反对婚姻的，怎么最终还是选择了它，而且还找了一个外国男人？是无可奈何的妥协还是……"

若桐笑了："你看我像那样的人吗？可能是杰克改变了我对婚姻的看法吧。套用一句老土的电影台词就是：爱情来的时候是无声无息，爱是没有理由的。也许连我自己都不敢相信，三十岁之后还会遭遇激情。不过，说真的，跟杰克相处，我真的感觉很轻松，没有压力。大多数时候，我觉得我们更像是一对情侣，抑或朋友。杰克给了我一个全新的感觉，一个平等的自由发展的空间。这就不同于某些中国男人，结了婚就好像可以把妻子锁在了保险柜里，爱情也仿佛有了永远的保质期。更有甚者，自己在外面花天酒地，却要求妻子守着空荡荡的房子，固守着那所谓的贞操，于是中国的古典诗词中才有了那么多的春闺幽怨，什么'来如春梦几多时，去似朝云无觅处''楼头残梦五更钟，花底离愁三月雨'，还有'思悠悠，恨悠悠，恨到归时方始休，月明人倚楼'等。唉！"过了一会儿，若桐又说："不过，有的时候杰克也会像大哥哥一样宠着我，虽然他只比我大一岁。我喜欢这样被宠着的感觉。"

这句话让文娟很心动。记得子翔也曾说过这样类似的话。子翔说，如果有那么一天，她真的成了他小小的新娘，他一定会像大哥哥一样地疼她、爱她、宠她，今生今世永不改变。生活给他们开了一个多么大的玩笑啊，如今回想起来，这么一句情真意切的承诺也只能是一句永远无法兑现的玩笑话了。

为什么总是在这样的时刻，在举手投足之间竟莫名地想起了子翔呢？文娟自己也说不清。半响，她微微抬起头，梦呓一般地问："还记得子翔吗？下个月，他也要回来。"

"子翔？程子翔？"若桐、心雯几乎是异口同声。

是的，这个名字对于她们来说真的是再熟悉不过了，可以说是伴随着她们一起成长的。虽然从未见过面，但是在文娟断断续续的描述中，在她们缝缝补补的想象里，他的形象是不断地在清晰在放大，如同她们渐渐丰满的青春期。

"在我的印象中，子翔是可爱的，但同时也是可恨的，有时甚至可以说是罪不可赦的。"若桐愤愤地说。

文娟低下了头，沉默不语。感情的事，旁人有时永远是无法弄清楚的。回首她和子翔的尘封往事，真的恍如一场游戏一场梦，梦醒了，留下的只是一些残缺不全的碎片。

当年她和子翔的事被家里发觉后，无疑是在这个小小的家庭里投下了一枚重磅炸弹。一时间硝烟四起，山雨欲来风满楼。家里所有的人，爸爸、妈妈、姐姐一致反对，声讨声一浪高过一浪。尤其是妈妈，更是火冒三丈。一向要强的她丝毫不能容忍女儿的幼稚与自作主张："简直是荒唐！你现在学业未成，怎么能考虑这种事情。况且，天水在哪儿？地图上都找不着的旮旯窝里。难道有那么一天，你真的要舍弃父母、姊妹，就这样背井离乡，去投靠一个你根本就无法托付终身的人吗？"

文娟噙着眼泪说："妈妈，我知道太早谈感情是我的不对。我愿意将这份感情先封存起来，等将来考上了大学再来谈。希望妈妈能成全我们，因为我是真的喜欢子翔，子翔也说过他是真心爱我，这一生一世他都会好好待我、保护我、照顾我、爱我的！"

"爱你？他凭什么爱你？隔着千山万水，前程渺茫不说，家境又不行，没有客观的经济基础，何谈爱一个人？这简直就是梦话！

而且，你才十八岁，对人又有多少的辨别能力？"妈妈的语气咄咄逼人。

"我相信条件是可以改变的！我也相信自己的判断能力。"柔弱的苏文娟显示出了她从未有过的坚强与不退让，这使她的妈妈非常震惊，她感到了母女之间的对峙与较量，也第一次发现了，女儿已经长大，已不再是她羽翼下那只小小的可以随意由自己左右的雏鸡了，她有着自己独立的思想与个性。

于是，她收起了自己凌厉的攻势，而改用一种温柔怜爱的语气，语重心长地说："娟儿哪，妈妈也曾经历过十八岁。很多男人都会说恋你啊爱你啊这样的话，但那只不过是想骗女孩子的心罢了。你是爱情小说看多了，过于相信生活中的美好了。其实生活是很现实的。爱情固然重要，贫穷你也可以不当作一回事，但是你有没有认真想过，那才是磨损爱情的最大因素！日久天长，等到爱情真被磨损得黯然无光，剩下的日子就只有贫穷、孤独、自责和困苦了，到那时再想拔步抽身就来不及了！妈妈实在是不愿意看到你受那样的苦。你的当务之急就是要集中精力，把一门心思放在学习上，将来考上一所好大学。到时候呀，你便会发现，你的视野里远不止一个程子翔，比他条件好十倍二十倍的男孩多的是！"

以后的几天，妈妈还不断请来了劝谏的救兵。曾经因爱情而自杀的表舅把年轻时的恋爱一桩桩搬了出来，以证明爱情的短暂与不可靠；一个旧式思想的老姑姑竟晓以大义，婚姻应听从父母之命，要相信老年人的眼光；女中的班主任也找她谈话了，他像训导坏学生一样，历数了早恋以及偷食禁果的种种危害，直说得苏文娟面红耳赤、瞠目结舌。于是苏文娟明白，她已经陷入了八方的包围之中。凭她，小小的苏文娟，是根本无法突围的。于是，她偷偷写了一封信向子翔求救。

一周后子翔回来了。在文娟放学回家的路上，他截住了她。他的脸色异常憔悴苍白，依然是愁眉不展，但是目光却非常坚定。

他轻轻地抓着苏文娟的肩膀，语气恳切地说："文娟，不要轻易说放弃，这是你说过的，是不是？无论遭遇到什么情形，都对我有信心，对不对？给我十年的时间，不，也许只要五年，相信我一定会改变这一切！等到你大学毕业，我一定会给你父母和你一个交代。即使条件不是相当优裕，但也一定会是稳固而有保障的。"接着，他又急切地说："带我去见你父母好不好？"

文娟痛苦地摇了摇头："那是不可能的，只怕你还没说出你的想法，妈妈就要把你扫地出门了。"

或许是受了文娟的影响，子翔的目光又变得更加忧郁，嘴角浮起了无奈的、可怜兮兮的微笑，他有些自嘲地说："我不知道我到底错在哪儿了。如果说真的有错，错就错在我不应该在现在这个时候干扰你的学习。以后我一定注意这些。"实际上，他的担忧已是多余。家里人根本上也不允许他再干扰她了，从学校到家里，家里人几乎封锁了他们所有可能的通信渠道。

"文娟，我们还很年轻，还有很多时间，对不对？我可以等，一直等下去，等到你考上大学，等到你慢慢长大，等到你可以为自己的将来作出选择的那一天！"子翔的真挚情感深深地融化了苏文娟，从来没有一个时刻，她有像现在这样渴望着长大。她认真地说："子翔，等考上了大学，我一定跋山涉水去天水看你！"子翔的眼睛潮湿了，他轻轻地捋了捋她额前被风吹乱的刘海，长久地凝视着她，而后一字一顿地说："我相信，我等着你！"是的，相识是缘，相知是福，他相信善良的苏文娟永远不会欺骗他，不会让他等得太久。

接下来的一段日子，苏文娟的内心又恢复了暂时的平静。尽管高考的阴影压得她有些喘不过气来，但她还是满怀对生活的感激与憧憬。偶尔，她的目光也会从那些永远做也做不完的数理函数和解析几何中移开，投向了窗外那深不可测的青天白云。想到远方有一盏灯为她亮着，有一个人为她坚贞地守候着，她的心里就充满了幸福与满足。然而，生活却在一夜间彻底改变了。

那是一个星期六的下午，妈妈递过来一封信。看信封上的字迹像是子翔的。苏文娟不觉得一阵惊喜。已经好久没有收到他的信了。但是，信怎么会到了妈妈手中，而且还转到了她手上？

妈妈似乎看出了她眼中的猜疑，她十分含蓄地说："这信搁在门口已经有好几天了，我刚刚经过那儿，他们才给我。你先看着，我去厨房炒菜了！"

她前脚刚走，文娟就迫不及待地打开了信，焦急地看了下去。这哪里是一般的信呀，简直就是一封恩断情绝的绝交书！文中字迹潦草，语气随意。子翔说，回到天水后，他考虑再三，终于发现是自己错了，觉得挺对不起文娟，对不起她的家长。因为他根本就无法确定，自己是不是真的爱文娟，也许只是少女的纯真勾起了他心中的一丝丝温存。他为无端地影响她的学习、生活表示道歉，并表示就此退出这场游戏。

看着看着，豆大的泪珠从苏文娟的眼眶中奔涌而出。不解、怀疑、委屈、愤怒、伤感，千百种感觉交织在一起，使她心如刀绞。难道这就是那个曾经对她信誓旦旦、深情款款的子翔吗？是那个她魂牵梦萦、如诗如梦的子翔吗？她再也无法相信自己的眼睛，禁不止伏案痛哭起来。

不知道什么时候，妈妈已悄悄站在她身边。她拿起信随意地翻了一下，然后俯下身，轻柔地抚摸着她的头发，充满爱怜地说："孩子，不要太难过了！生活是残酷的，人心是叵测的，要相信妈妈的眼睛，一切都会过去的。"

苏文娟慢慢地抬起头，缓缓地说："妈妈，我想最后给子翔打一个电话，我想弄明白，他为什么要这样欺骗我。"说话间依然是泪眼蒙眬。

妈妈显然生气了："孩子，你怎么这么固执这么傻呀！难道这样还不够吗？你还要放下自尊，跪下来去乞求别人的爱情？"一句话触及文娟敏感的神经。是呀，她为什么要这样固执这样傻，既然这已是他考虑再三作出的选择，既然一切已经恩断情绝，她又何必心存幻想，去乞求所谓的爱情。那不是苏文娟！

命运似乎并没有就此放过苏文娟，一个又一个的打击接踵而来。最大的重创莫过于高考的落榜。那一年，心雯考上了北方的一所重点大学，若桐也被本地的公安专科学校录取，唯有她苏文娟被远远地抛在了昨天的记忆里。那一段时间，她几乎天天将自己深锁在房中，以泪洗面，长久地望着天花板，脑子里一片空白，一片混沌，有时甚至要依靠安定片维系着纤弱的神经，生怕一不小心就可能断裂粉碎。在"高四"复读的那些漫长苦涩的岁月里，每每想到"程子翔"这个名字，她就恨得咬牙切齿。他可以不喜欢她，不爱她，但他不能如此轻视她，欺骗她。难道真的只是少女的纯真勾起了他心中的一丝丝温存？真的只是这样吗？文娟不止一次地问自己。她也曾在普贤寺的佛相前祈求神灵给予她某些启示，然而，众神无语，唯有咸涩的眼泪告诉她，一切是那么真实地存在着。直到多年以后，偶遇徐辰羽，才一层一层地解开了深藏心中多年的最后的谜底。

徐辰羽说，文娟流泪最多的日子也是子翔最受煎熬的岁月。回到天水之后，他就不断地收到文娟母亲的书信和电话。语气一次比一次委婉，一次比一次恳切，也一次比一次伤感。她说，文娟小时候就体弱多病，她是一口饭一口药地将她喂大。在优裕环境中长大的她，生活自理能力极差，她甚至洗不干净一块小手绢，这样的女孩怎么可能有抵御风雨的能力呢？因而作为母亲，她求他从文娟将来的幸福计，放过她，不要让她过那种漂泊无定的生活。那一刻，子翔深深地感到了一种犯罪感。仿佛自己已经不是一个为爱情而战的勇士，而更像一只觊觎着一只雏鸡的兀鹰，一个夺人所爱的十恶不赦的大恶魔。天下没有一个父母不深深爱着自己的孩子。他可以拒绝全世界，却不能拒绝一颗母亲滴血的心。于是他含着泪，作出了人生中最大最重要的一次选择：他答应文娟的母亲，他愿意放弃苏文娟。

在文娟落榜的那些日子里，他的心和她一样的疼痛，常常是泫然而泣下。那一段日子，他几乎天天都给她写一封信，用世间最温柔的语言说着最贴心的安慰话。他也虔诚地祈求上苍，保佑他的小姑娘快快振作起来。尽管他深知，这些信永远不可能再抵达到苏文娟的手中，但他依然坚持不懈。好几次，他也徘徊在南方潮湿的雨雾中，蛰伏在苏文娟放学经过的小路上，望着她的背影远去远去，想说的话不能说，想做的事不能做，唯有让酸楚的泪水在眼中久久盘旋。子翔说，如果文娟真的能幸福，哪怕一千次灼伤自己，他也不愿意再一次把她推向进退两难的痛苦漩涡之中。这样的日子又过了两年。两年后，在父母的安排下，子翔结婚了。他说，如果不能与自己所爱的女孩结婚，那么跟谁结婚其实都已经不重要了。再两年之后，他离婚了。以后，他又辗转于英国、法国、西班牙……

"这就是你们后来的爱情故事吗？"文娟说到这儿，若桐、心雯早已是一阵唏嘘长叹。若桐说："直到这一刻，我才明白了什么叫作刻骨铭心，什么叫作情非得已。问世间情为何物，直叫人生死相许！"

苏文娟神情迷茫地说："曾经有好长一段时间，其实我心里挺记恨母亲。总觉得她当初那样煞费苦心地拆散我们，真有些不近人情。但是，经历了这许多年，我现在倒好像可以理解她当时的举动了。因为这世界上只有自私的女人，从来就没有自私的母亲。"

忽然，心雯像一下想起了什么似的，惊讶地问："文娟，前几个月我在《商界》杂志上看到一篇介绍子翔的文章，看他的经历和所走过的地方，好像就是这个子翔，是他吗？"

文娟点了点头。

"看上面的介绍，他现在已是一家大型外资企业的总裁，好像事业发展得挺成功，在欧洲和澳洲都有公司，在国内的北京、上海、重庆、深圳等地也均有大型投资，目前正准备在我们这里投资几个大项目，对吧？真是物是人非，一切真的都改变了！"心雯深有感触地说。

若桐接口说："真的很想见见子翔，这么多年了，百闻不如一见！只是这趟回来得太匆忙，看来又得带着点遗憾走了。"

"没关系的。这一次他要在这里投资文化城及度假村项目，估计没有这么快走。你明年回来，应该就可以见到了。"文娟说。

"说的也是。现在美国那边已经基本稳定了。以后，每年都可以回来一趟，明年一定要会会他。"若桐说。

片刻，她又抬头望着文娟，认真地问："文娟，分手之后你们再没有见过面吗？"

文娟轻颦着眉，有些迷糊："他给我写过好多封信，七年前回国时也给我打个好几次电话，但我们终究没有见面。"

若桐深思熟虑了一会儿，试探地问："子翔回来后，你预备怎么面对他？"

"还没有认真想过，真的。"苏文娟的眉头皱得更紧了，她很困惑，她答不出来。天边一轮残缺的落日，使人很容易就想起那句古诗：夕阳无限好，只是近黄昏。

许久，若桐深深地叹了一口气，沉重地说："我觉得你们是一对有情人，而不是一对有缘人。"

苏文娟再一次低下了头，久久都沉默不语。

好像是为了扭转自己一句话造成的低潮，若桐竭力想找一个能引起文娟兴趣的话题谈。她笑着说："我听说那家山东面馆还在，一会儿我们到那儿吃饭怎么样？"

一听到"吃"的话题，心雯这个"美食家"就显得特别的活跃，她接口说："那家面馆又新进了一个厨师，会做很多相当地道的风味小吃呢！我最会点菜了！"

从南山湖回来，她们真的去了那家面馆。面馆位于南宫戏院附近的巷子里，像她们记忆中学校两边的小食铺一样：灶、桌、椅、食客和老板都挤在一个房间。只不过这个房间已比记忆中的大了两三倍。

几排桌上坐满了人，灶台边上两个师傅分别掌管着两口大锅。边上一张长条桌子排着两个大碗，一只碗里堆着芝麻汤团的馅子，另一碗是豆沙，桌边坐着两个二十出头的女孩，一个肥胖短小，另一个修长细嫩，两人都低着头专心搓汤团，然后将它们排在两个大盘里。

她们三人在靠外的最后一张空桌旁坐下，心雯小声对她们说："这两个是老板的女儿。这家人发了大财呢！听说在上街的那一带盖了一座四层楼的小别墅，外带小花园的。现在隔壁也开了几家和他们抢生意，就是不行！"

正说着，老板拿了块抹布来，将桌上前前后后擦了一遍，脸上堆着笑问："三位小姐吃点什么？"

心雯眉毛一扬，不无骄傲地说："我这位朋友刚从美国回来，老板，把你们店里的特色小吃都给我们介绍介绍一下。"

若桐瞟了一下心雯，埋怨她多嘴，但已晚了一步。果然，那老板听见"刚从美国回来"几个字，一边将菜单递给心雯，一边又对若桐重新打量了一番说："在美国学习还是工作呢？那可是个好地方哪！既富有又安全。"

一会儿，他又转身去灶头帮忙，一面还偏着头用家乡话把刚得来的消息转告他两个女儿，引得两个女孩一直把眼睛对着若桐望，眼睛里满是羡慕。

若桐不禁愕然了。在许多人眼里，美国好像就是一片乐土，既富贵，又太平，好像世界上任何困难到了美国就不存在了似的，这到底是种什么心理？美国是个夜不闭户的国家吗？真叫人哭笑不得。每天翻着芝加哥的镜报，哪一天第一页上不是登着抢劫、偷窃、强奸、枪杀的事件呢？

心雯分析了半天菜单，然后对着老板招招手，大声叫着："老板先来一盘山东卤面、一碗云南米线、两碗宁波汤圆、三个沙县冻条，还有……"

若桐笑着踢了踢她的脚说："心雯，不要看今天是文娟请客，你就可以为所欲为了。"

文娟抿着嘴笑了："甭管她，让她撑着！看她过两天又要练瑜伽，去减肥塑身了。"

心雯孩童般地笑开了脸，眼角弯下来，嘴角勾上去，一股俏丽从嘴与眼之间泛滥出来："知道我和文娟最大的区别是什么吗？那就是我只管今天，从不考虑明天会有什么烦恼会降临。我最欣赏《飘》里郝思嘉那句话：'我明天再来想，反正明天又是另外一天了。'"

若桐也跟着她笑了，过了一会儿，她又抬头一本正经地问："心雯，后天的婚礼仪式安排得怎么样了？我这回可是全权委托你了。"

心雯胸有成竹地说:"我办事,你放心。酒店和司仪那边我都已经安排好了,连菜单都是本主任亲自审核的。只是主持辞还要拜托苏文娟小姐加班突击一下了。关于那些花呀,草呀,星星呀,月亮呀,这种词打死我都写不出来的。"片刻,她忽然又表情庄重地说:"说来也怪,学生时代看文娟写那些东西总觉得文绉绉、酸溜溜的。但工作以后,看过了人间百态,有时又特别怀念起那种风花雪月的诗意年华。记得文娟曾说过,只要我们认真读月亮,就会发现月亮里面有很多故事。经历了这么多年,再来倚窗望月,才真正体会到'月有阴晴圆缺,人有悲欢离合'的深意。"

若桐撇了撇嘴,开心地笑着说:"哎,哎,文娟,当心哪!我们身边马上又要诞生一位浪漫主义诗人了!"

心雯红着脸跺跺脚,也不好意思地笑了。

文娟捂着嘴笑着说:"不过,如果现在让我说,可能不那样说了。我觉得,二十岁适合写诗,三十岁写小说,四十岁开始,就该研究哲学,我现在的心情,读尼采的书还差不多。"

若桐假装埋怨地瞟了一眼她,笑嘻嘻地说:"瞧你,才三十多岁就一副哀乐中年的心境。好了,好了,你们两个人不要一会儿诗一会儿哲学的,我们现在该好好集中精力品尝这些美味佳肴了。我真的饿了。"三个人都怡然自得地笑了。

不一会儿,热气腾腾的汤圆,然后是冻条、面等纷纷上桌了。她们就这样开心地品尝着美食,尽情地聊着,分别时已近深夜。

81

八

　　十天的时间一阵风似的过去，还没有从若桐婚礼的嬉闹声中、从姐妹团聚的欣喜中醒来，就又要说分手了。来送若桐的人很多，有她的父母、哥哥、姑姑、婶婶、小姨、表哥，还有几个要好的同学。整个送行的过程，大家都在不停地说话。年长一点的无非是说要注意身体、注意休息之类的叮咛话，若桐的母亲好几次还伤心地落了泪。同辈的或年轻一些的则拉着她的手要她多写信、多保持联络。心雯也像一只夏天的知了，叽里呱啦地聒噪个不停："到了上海、北京，要是遇到麻烦，马上给我打电话，那两个地方都有我的同学。""包裹已经邮到美国，领取单别丢了。"只有苏文娟一直是沉默寡言，她不想说，只想哭。十天的时间真的是匆匆太匆匆！这十天是苏文娟五年来最快乐也最难忘的时光。在这段时间里，有回忆，有思索，也有对未来的美好畅想。然而，相见时难别亦难，她们又不得不说再见了。

看到文娟一脸忧伤、心事重重的，若桐轻轻地拉起她的手，有些不安地说："文娟，不要难过了。我们很快就会再见面的。到了美国，我会时时告诫自己，不要偷懒，要多给你们写信、发邮件！"之后，她又体贴地说："快乐一点、洒脱一点，没有趟不过去的河，也没有绕不过去的弯，走过去前面就是一片天！真的。代向晗之问好，他总是那样忙，希望他的事业越来越红火。"停了停，她又柔声说："见到子翔，也代我问他好。真的很想见他，能让苏文娟如此心动又心痛的男人一定是一个不简单的男人！"

这时，杰克走过来，非常真诚地说："期待着你和心雯能早日到美国来！到了那边，我们就该转换角色了。你当听众，我当向导。我将带你去看那西部的山脉、南方的海，还有那条香纳多河，一起帮助你找回那条童年的乡村小路。"文娟听着，满含感激地点了点头，眼睛中有莹莹的泪光在闪烁。

送走了李若桐，文娟感觉心里空荡荡的，了无着落。她没有直接回家，而是选择去办公室，虽然她的假期还没有结束。说实在的，其实这几天她心里挺烦的。这几天，晗之总是早出晚归的，常常是喝得酩酊大醉，半夜回到家，连脚都懒得洗一洗就蒙头大睡。早晨她和亮亮出门了，他依然鼾声如雷。男人要应酬，要忙事业，这似乎是理所当然的脱辞，但是，若桐是文娟最要好的朋友，她回来十天，晗之竟然连个影子都未曾晃一晃，这真的让一向重感情、爱面子的苏文娟很受气。

　　记得那天晚上，难得来了一个三个家庭的聚会，晗之又是因故缺席了。既然是家庭聚会，真的就有那种温馨的家的氛围，若桐和杰克新婚宴尔，自然是恩恩爱爱、甜甜蜜蜜。心雯的老公"眼镜"虽然只是一个机关的小职员，话不多，人憨憨的，但是对心雯可以说是言听计从、关爱有加，看来小两口的日子也是过得蛮滋润的，只有苏文娟是形单影只的。看着平时一向风风火火的若桐、心雯一副小鸟依人的样子，文娟的心里酸酸的。

　　于是，她心存幻想，拨通了晗之的手机，急切地问："晗之，我们现在在海天酒楼，你能不能过来一下？若桐、心雯两家都在这儿。"

　　"哦，海天，若桐，酒、酒楼……"晗之显然是喝了不少的酒，言辞有些含糊不清，同时也有些心不在焉，边上还有人正在和他搭讪。停了会儿，他说："文娟，我这边还在忙着，可能是过不去了。我看这样嘛，将功补过，你就先帮我帮他们买单了！"文娟的心猛地"咯噔"了一下，快速地按动了手机侧边的删除键，半天都没有说话。她有一个多么好的丈夫呀！有钱、阔绰，她想要的他不能给，她没有想到的，他已经帮她做了主。心雯曾说，论长相、论学历、论气质、论地位，晗之都是最优秀的，都在杰克和"眼镜"之上，但是婚姻并不仅仅是依靠长相、学历、气质、地位支撑着。

　　心雯好像看出了文娟情绪的低落，为了使她使大家开心起来，她从上衣口袋里摸出手机,笑着说:"我昨天刚刚收到一条短信,非常搞笑,现在奉献给诸君,一起共享一下。"说着,她便清了清嗓音,大声念起来:"单位来了四新人:黄金鑫、吴水淼、归火焱、朱毛毳。大字不识几个的领导点名时犯了难,只好喊:'黄金一堆,污水一片,鬼火一团,猪毛很多!'"

话音刚落,几个人都笑出了声,文娟终于也忍俊不禁了。那个夜晚,杰克、"眼镜"、若桐、心雯还讲了很多非常生动有趣的笑话、段子什么的,苏文娟也笑,也附和,但其实她并不开心。

这样想着,苏文娟走到了副刊部,钟敏芝抬头望见她,有些吃惊地问:"文娟,你的假期不是还有两天吗?"这是一个挺精明的女人,头发整齐地梳着一个发髻,端正的五官,挺直的鼻子,看起来就是一副清爽干练的样子。在副刊部,她一直将苏文娟视为其最强有力的竞争对手,尽管苏文娟自己并不这么认为。

文娟看了看她,笑着答道:"在家挺无聊的,还是到办公室上班好!"

钟敏芝揶揄道:"看来,今年的先进该评你了!"

苏文娟没有多搭理,她笑着拿起桌上的水杯,转身到开水房去盛水。还未走到开水房,倏地就被一个人给一把抓住了。回头一看,是行政部的副主任邓诗惠。她一直把文娟带到楼道的拐弯处,然后压低声音,挺着急地说:"文娟,我找了你两天了,刚刚才知道你休假了。这次报社招考大学生,笔试已经全部结束了,过四天就要面试。我有一个小外甥，叫郑思凯，今年南京大学毕业。挺优秀的，学的又是中文专业，前几天的笔试成绩排第五。这次面试要拜托你特别关照一下，一定要进入前三名！"

看到文娟面露难色，她连忙又补充说："你不用担心，其他评委我也已经都交代了，你到时候见机行事就好了，不会让你太为难的。这样吧，我明天把人带来给你过目一下。"片刻，她又迟疑了一下说："这样不妥。报社人多嘴杂的，时间又这么紧了，我看还是明天拿一张相片放你那儿好了。"末了，她又充满信任地望着苏文娟，说："文娟，关键时刻帮一下忙，大姐我会一直记住你的！"文娟只是淡淡地应了一句："我看看。如果真是好苗子，我相信我们评委是绝对不会错过的！"

四天后，考生面试如期举行。说真的，对于这次考核工作，苏文娟还是相当重视的。虽然某些评委可能对此并不以为然，但是苏文娟却把它当作今年工作的一件大事来看待。虽然之前她并不是很乐意去当评委，但是一旦承担了，就觉得自己的肩上有着一种神圣的不可推卸的责任。报社这些年，人员严重老化断层、青黄不接，如果能够通过招考，补充一些新鲜血液，真的不能不说是一件大好事。而且通过公开招考，也可以不拘一格降人才，给那些刚刚步入社会、心怀梦想的大学生一个自由成长的平台，这对于他们一生来说都是影响相当大的。记得当年苏文娟大学毕业时，也是通过这样的公开招考，一路过关斩将，在上百名考生中脱颖而出。当然每一步都走得很艰辛很不容易,这也使她更能感受到公开、公平、公正的可贵。所以她认为,这次考核虽然考的是学生,但也是对于她个人职业良心、职业水准的全面、综合的考评,因而不能有半点懈怠。因此,这几天,她又搬出了大学时学过的《新闻学概论》《新闻采访技巧》《主持人风采》等专业用书,又到书店里找了《面试考官必读》等书籍细细阅读。一切皆已准备停当,她觉得自己已是胸有成竹,信心百倍,可以上考场了。为了使自己看起来显得更成熟与持重些,那天,她还特意穿了一套藏青色的西装套裙,长发也轻轻地绾起来了。镜前一照,挺精神的,像个不折不扣的考官!

面试环节有条不紊地进行着。笔试前十名的考生一一登场亮相。这是一个没有硝烟的战场,十名考生之中只能取前三名,竞争可想有多激烈了。可以看出,每个孩子都非常紧张,他们极尽所能,想让自己表现得好些再好些。他们眼眸中闪烁的梦想与期待让苏文娟很感动,觉得既熟悉又亲切,一如当年的自己。

到郑思凯上场了。苏文娟不由得特别关注了一下。这是一个高大帅气的大男孩,长得可以说是一表人才,思维也相当敏捷。但是,现场答题、现场采访、现场评论、追踪报道、总述,一个个环节下来,文娟对他的印象渐渐地不断地在打着折扣。他是聪明的,他是乖巧的,但他缺失了新闻记者所应该具有的诚实与坦白。可以看得出,他处处在迎合评委,躲闪问题,回避矛盾,尽量使自己处于有利的最佳的位置上。这样的记者,报社会选择他,读者会欢迎他吗？也许他更适合搞市场营销或组织策划工作。但是这一次报社招的又恰恰是新闻记者。文娟一时竟有些拿不定主意，脸上汗涔涔的。马上就要亮分了，她犹豫再三，终于在纸上重重地写下了"78"，这是她今天打过的中等偏下的一个分数。

很快，其他评委亮出的分数把她给打蒙了！"88、89、92、89、90……"

主持人当场宣布："去掉一个最高分94分，去掉一个最低分78分，郑思凯的最后得分是……"苏文娟用心打出的分数就这样被轻轻删除了，她立时有了一种被淘汰出局的失落感。

考核工作还在紧锣密鼓地进行着。下午，考核组开会。苏天启主持会议，他正襟危坐，表情相当严肃认真。他说："这次报社公开招考，我们严格遵循了公平、公开、公正的原则，工作开展得紧张而又有序，各位评委为此都付出了辛勤的劳动。综合笔试、面试成绩，目前进入前三名的名单已经出来了。他们分别是：张洞之、许丽丽、郑思凯，马上对外公示。按照之前议定的方案，如果没有其他异议的话，报社就决定录用这三名同学，由人事部负责对考生进行政审和体格检查及办理相关手续。大家看看还有其他意见没有？"

会议室里鸦雀无声，连偶尔冒出的几声干咳声都显得分外明显。经过了长时间的沉默，苏文娟再也按捺不住了，仿佛有一种力量在推动着她，使她坐立不安，一种声音从她的心口向她的喉咙口喷涌而出，淹没了整个会议室："苏总，我想谈谈我个人的一些看法！"

苏天启微微一怔，侧脸看着眼前这个年轻的女人。她的表情激动而又庄严，声音不大却异常的坚定。她稍稍稳定了一下自己的情绪，极其认真地说："我认为，虽然郑思凯同学在考场上表现得聪明乖巧，反应也相当敏捷，但是我个人认为，在他的身上却缺失了一种新闻记者最应该具备的素质，那就是真诚与坦白。作为新闻记者，首先应该具有正义感，应该真诚与坦白，只有这样才不会哗众取宠，报喜不报忧。这是每一位好的记者，不，应该说是每一位称职的记者都应该具备的素质。相反，我认为位列第四名的陈思，虽然在表现手法、面试技巧上略显稚嫩，但他表现得特别的坦白与真诚，尊重事实，勇敢地说出自己想说的话，这是很难得的，这才是新闻记者的好苗子，可塑性大。"停了停，她又真诚地说："我知道，在座的都是我的前辈，我是本着学习的态度来的。但是，我不想隐瞒自己的观点。不说出我内心想说的话，我觉得对不住自己的良知。我也知道自己人微言轻，因此特别真诚地希望各位前辈能认真考虑我个人的意见，讲得不对的地方请多多批评指正。"

沉寂，又是长时间死一般的沉寂。苏天启微微皱了皱眉，清了清嗓音说："刚才，苏文娟同志谈了不同的看法，现在看看，其他评委有没有什么意见？"

立刻，有几位评委面面相觑，俯首帖耳地窃窃私语着。苏天启显得有些不耐烦了，他将自己肥胖的身子深陷在沙发里，然后大声说："怎么样，大家有什么意见，都可以提出来嘛!"但是，许久，并没有一个人肯出来说话。

苏天启又习惯性地摸了摸他的后脑勺，果断地说："时间也不早了，我看这样吧。既然有不同的声音，我们就来个投票表决，以免日后外面传闻我们有失公允。大家看怎么样?"

表决开始了，十位评委投票。结果大大出乎了苏文娟的意料之外。十位评委，有八名同意录用郑思凯，只有一人反对，一人弃权。还有什么可说的呢?苏文娟感觉背脊发冷，手心里全是冷汗。散会后，大家纷纷退出了会议室。唯有苏文娟长久地把自己固定在座位上，呆若木鸡。

不知道什么时候，肖主任已悄悄地回到了会议室，站在她的身后。他轻轻地拍了拍她的肩膀，关切地说："小苏，不要再难过了!"

苏文娟抬起头，感激而又无助地望着肖主任。凭着多年的了解与感知，她确信那一张弃权票一定是他投出的。

肖主任叹了一口气，无奈地说："见过半月湾畔的石子吗，那种圆圆的石子?当初它们也是棱角分明的。可是，流逝的岁月敲打着它，无情的风雨剥蚀着它，就使它们成了后来的那种样子了。人确实需要有一种勇往直前的精神，但是残酷的生活会使你常常四处碰壁，感觉到个人的力量是那样的势单力薄。要挣脱掉缠绕在我们身上的那一张无形的巨大的网，真的好难哪！"

苏文娟低下头，不再说话了。后面的几天，她真的感觉到了肖主任提及的那张"网"了。这件事，在报社引起了一个不大不小的轰动效应，也成了人们茶余饭后的谈资。说什么的都有。有人说，苏文娟想出风头，结果是偷鸡不成蚀把米。有人说，苏文娟疯了头了，谁不得罪却偏偏去得罪邓诗惠，她掌管着报社的财务大权，好歹也算得上一个实权派，何苦呢？也有人说，苏文娟提的意见固然也有几分道理，台下说说也就罢了，何必那么认真呢，真的是傻得不透气了！面对着各种各样的奚落与责难，苏文娟泰然处之。她想起了大学时学过的但丁的一句名言："走自己的路，让别人说去吧！"只要是自己认为对的，她就无怨无悔。

只是，她的心中有一个潜在的想法。她真的很想找一个合适的机会向邓诗惠作一个解释。不是乞求她的原谅，而是希望得到她的理解。毕竟大家一起在报社工作多年，两个人之前的关系也一直很好，邓诗惠对文娟一向比较关照，文娟也一直把她视为大姐。因此文娟相信，凭借她的真诚与耐心，她一定能得到邓诗惠的谅解。

一连几天过去了，这件事似乎也渐渐地平息了。这一天，文娟下班比较晚。她拎起包，步入了电梯。电梯在七楼停住了。电梯门一打开，邓诗惠正站在那儿。她的脸色凝肃，眼光灼灼逼人。苏文娟几乎可以感到她身上那份压倒性的高傲气质。

"邓……"还没等文娟叫出名字，邓诗惠就从鼻子里"哼"了一声,踩着高跟鞋,扭头走向侧边的另一部电梯。她居然连与文娟同乘一部电梯的兴趣都没有了。

电梯从七层一下砸到了一层。苏文娟的心也似乎一下子沉到了谷底。

九

这天,文娟回来得很早。她推开门,看见英姐正在大厅里看电视。她一边走到玄关那里的鞋柜去取拖鞋,一边低着头问:"亮亮呢?"

英姐笑着迎出来说:"亮亮在屋子里做作业呢!饭已经做好了,就差炒菜了。现在就吃吗?"

文娟低声说:"等等吧,晗之晚上要回来吃饭的。"这是早上出门的时候,晗之亲口答应她的。

她搁下包,经过卧室,轻轻走到阳台上。太阳早下山了,水水的月亮闪在棕榈叶边上,天上还有点灰亮,路边的街灯也亮了,因为天是亮的,灯是亮了,月是亮了,而三种亮又没有融在一起,因此就织出一层恍惚的黄昏。文娟在那儿痴痴地站了一会儿,然后又去浴室冲了澡。出来时,天已经几乎全黑了。

阳台上，夏天里的最后一朵玫瑰花独自兀立在枝干上，随风摇曳。不知谁家的桂花正开得热闹，将满树的芬芳轻轻递送到她的窗台上，深深地沁人心肺。从她的阳台望去，可以看到那一条十分熟悉的通往小区门口的小路。银色的月光洒满了幽静的小路，婆娑的树叶投下了模糊的暗影，温柔的夜风轻轻拂动着道路两旁的棕榈树和梧桐树。这是她多么熟悉的夜景呀！记得刚刚结婚那年，晗之常常用那辆老旧的永久牌的自行车载着她，一起去看电影、听音乐会。他们就是沿着这条小路，踩着满地水晶般的夜色回家。而今，斗转星移，一晃已经十年了。记得当年晗之曾说过，之所以选择这套临街的房子，是因为每天，他们中的一个可以满怀欢喜地等待着另一个的归来，而等待的滋味是甜蜜的。十年了，文娟已数不清多少次这样倚窗守望着。如果晗之知道，等待除了甜蜜，还有甜蜜之后的失望，失望之后的绝望，他是否会不舍她这样一直等下去呢？十年，真的是太漫长了！

这时，从客厅里传来了英姐无拘无束的笑声，她正在看那片韩国电视连续剧《边走边看》。文娟在想，也许幸福有时真的就是那么简单。是不是自己太苛求太认真了呢？但是她实在无法明白，男人在婚前婚后为何竟有那么大的差别。十年前，记得也是这样一个月圆之夜，晗之紧紧地握着她的手，目光炯炯地向她求婚："娟，我从未向命运祈求过什么，现在，我祈求它将你判给我。嫁给我吧，有了你，我会是这个世界上最幸福的人！"

而今，他还会说他是这个世界上最幸福的人吗？实际上，退却了夫妻之间神秘的光环，有时彼此间琐碎的小嗜好都成了令人厌烦的毛病。晗之也常常怪她过于含蓄，缺乏女人的性感，连夫妻间的情事都少有激情。

记得有一回，晗之的几个朋友聚在家里聊天，晗之带着满是欣赏的口吻谈到他们公司的那个张含韵小姐。文娟与这位张小姐先前有过接触。她知道那是一个三围标准，十分风骚而毫无深度，十分聪明而毫无智慧的女孩。这样的女孩晗之竟然喜欢，文娟真的感觉是百思不得其解，但是如果要让自己变成那种女人的模子，除非是脱胎换骨了。唉，男人！

都说外面的世界很精彩。这一点，晗之的感受应该是最为深刻了。近来，他在家里的时间是越来越少了，甚至连一家人聚在一起吃一顿饭都成了奢侈的想望。他常常是半夜归来，带着一身的烟味、酒气和香水味，有时甚至是夜不归宿。她不知道他究竟都在外面忙些什么做些什么。有一次实在憋不住了，便悄悄打开他的手机，查看他的信息和来电，事后又后悔不已。她自视自己不是一个气量短小、庸常俗气的女人，但是爱有时会使一个女人变得实际甚至于失去理智。总之，生活的乐趣是一点一滴地在减少，好在她还有一支笔，一份想象力，还可以抒发抒发内心的感慨与渴望，生活还不至于那么贫瘠和荒芜。否则，不知道该依靠什么再坚持下去。

客厅里的挂钟"当、当、当"地敲了七下。文娟走到房间，拿起桌上的手机，拨通了晗之的电话。晗之半天才接，电话那头是觥筹交错，歌舞升平，不时夹杂着男人的呛咳，女人的欢笑。他大声地说："文娟，我这边很吵哪，听不清楚，你快点说……你说什么，我今天答应回家吃饭？我怎么一点都没有印象呢。现在不行了，你们吃吧、吃吧。"文娟缓缓地放下了电话，感觉从心头到掌心都一阵冰凉。然后她走到客厅，低声对英姐说："不等了，准备吃饭吧！"

英姐打开罩子，把桌上的饭、菜又重新热了一遍，然后招呼亮亮一起来吃饭。吃饭的时候，文娟神情黯然，一言不发。

吃完饭，亮亮端来琴架，准备练琴。小家伙练琴总是很自觉。

苏文娟表情忧郁地说："亮亮，拉一曲生日快乐歌，好吗？"

亮亮扑闪着一双大眼睛问："妈妈喜欢？"忽然，他的眼里闪过了奇异的光芒，激动地问："今天是谁的生日，是妈妈的吗？"

妈妈微微地点了点头，嘴角带着一丝苦笑。

小家伙连忙将琴放下来，勾着她的脖子，大声说："祝妈妈生日快乐！祝妈妈长命百岁！"

苏文娟猛地感到内心一阵怆然，泪水直往眼眶里冲。人真的能活一百岁吗？如果不能幸福地生活，活一百岁又有什么用呢？不如快快乐乐地活上十年、二十年。

英姐知道了今天是文娟的生日，挺着急地说："一会儿我要给你做碗太平面吃，只是没有鸡蛋了，怎么办？不然，就用鹌鹑蛋代替一下咋样？"

文娟摆摆手说："英姐，吃得饱饱的，不要再忙活了。"

英姐连忙说："不吃太平面怎么行？太平面、太平面，吃了一年都太平！"说着，就转到厨房忙去了。

亮亮拉了《祝你生日快乐》，还拉了《雪绒花》《音乐之声》《鼓浪屿之波》《送别》等文娟最喜爱的曲目，然后才开始复习那曲刚刚学会的《梁祝》。

文娟听着听着，忽然抬起头认真地问儿子："亮亮学过揉弦和颤音，知道什么时候该运用到它吗？"

"知道。史老师说过，在拉那些曲调悠扬或悲伤的曲目时要用到它。"亮亮歪着脑袋不假思索地说。

"那么亮亮知道《梁祝》写的又是什么吗？"见亮亮一脸的茫然，文娟连忙温柔地说："《梁祝》表现的是一对男女，他们相爱了，深深地相爱了。"还没等她说完，亮亮就笑着应和道："我知道，就像爸爸和妈妈。"文娟微微一怔，但没有马上纠正他，而是接下去说："后来他们的父母不让他们在一起，想出各种办法来拆散他们。他们历尽千辛万苦都不能在一起，最后就只好化作了一对蝴蝶，这样他们就可以生生世世在一起了。"

"人为什么要变成蝴蝶呢？"亮亮天真的眸子里写满了疑惑与不解。很久，他才慢慢地说："他们真是太可怜了！"然后他又重新抬起琴开始温习这支曲目。文娟知道，一个九岁的孩子永远无法完整而准确地诠释与演绎乐曲所要表达的思想，但他已经把他理解的悲伤带进悠扬的琴声里去了。

苏文娟心事沉沉地站起又坐下，满腹的心事使她坐立不安，又无人可以倾诉。如果晗之知道今天是她的生日，他还会与朋友们嬉笑狂欢，而将她冷清地遗忘在世界的这一隅吗？他会吗？记得小时候，每次生日，妈妈总给她煮一碗太平面，怜爱地说："小丫头，又大一岁了！"而今，多少年过去了，已经没有什么人能记得住她的生日了，有时甚至她自己都忘了。结婚以后，她总是清晰地记得晗之的生日，有了孩子之后，她又把亮亮的生日牢牢镌刻在自己的脑海里，而常常却忽略了自己的。而此刻，她是多么渴望着那一声充满真诚的，但年少时不太珍惜的"祝你生日快乐"啊！想到这些，苏文娟不觉得又是一阵难过。

晗之回来时已经很晚了。文娟没有看表，但内心揣测已经是过了零点。他在卫生间洗漱完毕，蹑手蹑脚地走进房间，连灯都没有开，然后一声不响地在她身边躺下了。片刻，他又侧过身，将手臂在她腰间摩挲了一会儿，又抽回去，转过身睡着了。其实，这一切苏文娟都真真切切地感受到了。她只是在假寐，内心渴望着晗之能唤醒她，不用说太多的话，哪怕只是一句情真意切的"对不起"。但是，他终究没有说。他彻彻底底地忘了。眼泪一滴、两滴轻轻滑落，濡湿了枕巾一片。

带着心中太多的遗憾，苏文娟开始了新的一天的生活。这天早上上班，苏文娟经过传达室时，老倪又叫住了她："苏编辑，昨天见你不在办公室，我就没把这封信放你桌上。我想当面问问你，到时候能不能将这枚外国邮票送我？它真是太漂亮了。"老头说着，挺不好意思地搓搓手。

文娟瞥了瞥信封，很快就确定信是来自子翔的。尽管历尽岁月的磨炼，他的字依然葆有那种独具特色的风骨与气势。她匆忙地支吾着："好，好，一会儿看了给你。"然后就急急地跑到过道的转弯处，在没有人的地方迫不及待地像学生时代一样急切地打开了信。立时，一排遒劲有力的字映入眼帘：

　　歌从心田缓缓流过

　　梦已将我们带到好远

　　在我最初的记忆里

　　你依然是我最怀念的人

　　真诚祝愿：

　　生日快乐！幸福生活每一天！

　　　　　　　　　　　　你远方的大哥哥　子翔

仿佛有一股汹涌的大浪潮向她席卷而来，淹没了她，苏文娟猛地感到自己已经被一种幸福深深包围着。尽管这份迟到的祝福着实来得晚了一点，但因为期待太久而愈显得弥足珍贵。她久久地站在那里，忘乎所以地咀嚼着贺卡中的几句话，连同一个办公室的振华走到身边都没有发觉。

"哎，这么用功呢！楼道里这么黑还看什么？"他轻轻地拍了一下她的肩膀。她的脸上蓦地散布了一层红晕。幸好楼道里灯光比较暗，他没有看清。他们一起走到了副刊部。

一进门，小王就兴冲冲地迎过来，对着苏文娟喊道："恭喜，恭喜！"

苏文娟脸上挂着一个大大的问号，不知道喜从何来。

"听说市里要为你举办一个作品研讨会。市文联唐主席这会儿就在苏总编的办公室里说你的事呢。说不定一会儿就该叫你过去了。"

钟敏芝眼里充满了钦羡，啧啧称赞道："文娟，你真不简单呢。副刊部这么多年了，就出了你这么一个状元！"

苏文娟有些腼腆地摇了摇头，笑着示意大家不要再开她的玩笑了。然后，大家就各自忙自己的事去了。她在自己的位子上坐下，从口袋里掏出那封贺卡，轻轻地打开，又认真地读了起来。

十

子翔回来的那个晚上，窗外正淅淅沥沥地下着雨。在机场，他给文娟打了一个电话。他说，因为下雨，飞机延误了四十分钟。明知道她不可能来，他还是等了半个多小时。

"知道我此刻最想说什么吗？"子翔说，"昔我往矣，杨柳依依；今我来思，雨雪霏霏。人生没有几个十七年，去意彷徨之间，我们错过的东西真的太多了！"

文娟没有说话，而是将目光投向了幽幽的远方。窗外，一串串的雨花点点滴滴洒落在窗台上，溅起了一层层的涟漪。她轻轻沾了几滴水珠在迷蒙一片的窗玻璃上涂抹着自己也辨认不清的字迹。

三天后，他们终于见面了。文娟选择了一家很不起眼的音乐餐吧，而没有去她最喜欢的那家"深深缘"。可能是因为太在乎那个名字了吧。

吧厅内已坐得半满，每张桌上都点了星火似的蜡烛，房中央有一排狭长的花坛，插着像夜来香似的白色小花，音乐从花间流到两边座客的耳里，幽幽的，是女人诉情的歌声。

他们相对坐着，长久地凝视着对方，许久都没有说话。分别十六年了，年华似水，人生如梦，太多的往事会成为空白，太多的空白会使人无言。因为人根本就无法与岁月抗衡。

子翔变了。总觉得与记忆中的那位爱说俏皮话、踌躇满志的远方大哥哥已判若两人，但又说不出真正的区别在哪一点。当然他也变胖了，变得富态了。想到这儿，文娟只觉得鼻子酸酸的，心头酸酸的。当然，她也深知，岁月在改变子翔的同时也在悄悄地改变着雕琢着自己。淡淡的脂粉下掩饰不了的是眼角细密的皱纹。这一切应该逃不过子翔的眼睛。

子翔忧郁地说："在国外的时候，我常常，常常在想，多年以后，当我们再一次坐在一起的时候，我们说的第一句话会是什么。"

"也许，也许我们都应该说，感谢生活，能让我们再见面。尽管我们都已经不年轻了。"文娟感慨万千地说。

"你，好吗？"子翔凝眸注视着她，眼底凝聚着一抹奇异的、研判的味道。

我好吗？文娟也深深地扪心自问。很好，似乎不是；不好，好像也不至于。于是，她只淡淡地说了一句："还好。"半晌，她抬头问子翔："你呢？"

"怎么说呢？"子翔把胳膊肘支在桌上，两个手掌时而相对着，时而又合拢在一块，若有所思地说："在别人眼里，我很好，好得不得了。但是如果问我自己，我只能说我不好。"片刻，他又自嘲说："相信吗？刚到英国时，我在饭馆里端过盘子，在果园里捡过烂苹果，洗过厕所，送过快餐，所有的脏活累活都干过。你知道那是一种什么样的感觉吗？漂泊无定、居无定所，就像是无根的浮萍！但是，即使在那样最艰难的日子里，我都咬着牙撑着，鼓励自己为了梦想要挺过去，用双手开创出一片天地来！"

文娟的眼角湿润了。记得年轻时的子翔曾告诉过她，他有一个宏伟的二十年的人生规划。为了这一规划他会一步一步地努力朝前走。这让她非常心动。如今才明白，为了这一梦想，他付出了多少常人难以想象的化蛹为蝶的苦痛。

"文娟，知道这些年支撑我一直走下去的精神支柱是什么吗？是那个简简单单的小姑娘！不知道为什么，在很痛苦或很快乐的时候我总是想起她。也许你还不知道，我至今还保留着当年你写给我的所有信件。那是我生命中的无价之宝。无论我走到天涯海角，我都会一直带着它，真的。"子翔说着，动情地握住了文娟的手，情绪非常的激动。

文娟显然也被深深地感动了，一种半是爱怜、半是心痛、半是庆幸他归来的很复杂的感情交织在心口，使她的手长久地躺在他的掌心里。但是，很快，她又似乎想起了什么似的，有些窘迫地将手从他的掌心里抽了出来。四目相对，仿佛彼此都在躲闪着什么，又好像在渴望着碰撞，最终也只能是尴尬一笑。

　　楼上的情侣座也是满满的。黑濛中只见每座的人都是两个，而两个人又是紧紧挤在一起，变成了一个。坐在角落上的一对，明明是四个肩膀，却只看到一个。这是一个开放的年代，人们无时无刻不在宣泄着自己的大胆与无羁。文娟猛然感到了一阵不安，她和子翔该算是什么呢？朋友？恋人？情侣？似乎都不是。她感到了自己处境的尴尬与内心的暧昧。立时，脸上泛起了一缕绯红。好在这时候，服务生送上了点心，暂时可以不用去想别的了。文娟要的是木瓜雪蛤粥，子翔则要了什锦锅边和两块南瓜饼，还有他们喜欢的一些小菜。

　　"吃惯了洋西餐，再吃这些家乡的风味小吃，还习惯吗？"文娟望着他，眼底闪烁着两簇优柔的光芒。

　　锅边上飘着葱花、虾皮、香菇片及浓浓的香味，看来挺对子翔的胃口。子翔一边津津有味地品尝着，一边说着"好吃、好吃。"不一会儿，就吃完了。文娟正想再帮他添一些来，他笑着摆摆手。然后，他就痴痴地望着文娟吃，直看得她怪不好意思的。

　　子翔觉察到了，他笑着忙转移了视线，然后从座位后摸出包来，伸手拿出了两瓶东西，认真地说："我记得你的眼睛不太好使，所以经过德国的时候，特意去买了两瓶眼药水。别的礼物，我知道你暂时不会收，有也先搁在我那儿了。据说这种眼药水效果不错，能调节眼肌，消除视疲劳。希望我们作家同志滴了之后，能拥有一双更敏锐清澈的眼睛，不遗落生活中所有美好的素材，当然啰，也不遗落每一颗真正为你付出的真心。"后面一句话，子翔说得是意味深长，文娟明白其中的深意。她抿了抿嘴，欲言又止。

过了半晌，子翔又有些惆怅地说："我一直不明白，七年前，我回来的时候，你为什么一直不肯见我呢？"这也一直是文娟的一块心病。记得当时，无论子翔挂过多少次电话，说了多少情真意切的话语，她终究不肯见他。这究竟是为什么，连她自己都说不清。

"当时亮亮只有两岁。我觉得无论从哪个角度来说，我都不能见你。"许久，文娟才无奈地说。

"可是你知道我当时是什么样一种心情吗？"子翔的神情感伤而落寞。

文娟沉思了片刻，忽然答非所问地说："子翔，愿意听我讲一个故事吗？多年以前，我看到过这么一则故事。有一对青梅竹马的恋人，他们深深相爱着，山盟海誓，今生不离不弃。但是，后来由于家庭的阻挠和宗族的反对，他们终于痛苦地分开了，各自组建了自己的家庭。但是，在以后的日子里，他们常常幽会，再续前缘。唐山大地震的那个晚上，一对恋人再次在城郊幽会，缠绵之后他们又各自踏上了回家的路。世界在那一刹那间倾倒了，而他们只是重重地摔了一跤。但当他们回到自己居住的城市时，才发现家已经不存在了，他们的亲人都已埋在了废墟里了。造物主给他们开了一个多么大的玩笑啊！尽管后来他们有千百次在一起的可能，但他们却再也没有走到一起了。小说的题目就叫作《天意》。"

子翔的目光变得更加忧郁了，他低声说："为什么要跟我讲这么忧伤的故事？"

文娟深深叹了一口气说："若桐说，我们只是一对有情人，但终究不是一对有缘人。"

子翔思忖了一会儿，坚决地说："缘是天定，分是人为。"语气铿锵有力。

"但是人不能改变天，也许你会觉得我太宿命了。"文娟说。

"确实在造化面前，人常常是苍白无力的。人不能改变天，但是人却可以感动天、感动地。"子翔一字一顿地说，语气极富有感染力。

文娟没有再说什么，而是将头深深地埋在了支起的两臂间。四角的音箱里传来了迪克牛仔的那首《有多少爱可以重来》，有些沧桑，有些悲凉。

……

　　有多少爱可以重来

　　有多少人愿意等待

　　当懂得珍惜以后回来

　　却不知道那份爱会不会还在

有多少爱可以重来

有多少人值得等待

当爱情已经桑田沧海

是否还有勇气去爱

……

许久,文娟才抬起头,目光迷茫地说:"该回去了。"

子翔点了点头说:"好吧,我送你回家。"

"送我去报社吧。报纸很快要扩版,有几份稿子晚上还要加急处理一下。"文娟认真地说。

车子在南方大厦前停住了。子翔望了望大楼,关切地说:"在几楼?不然我送你上去吧。"

文娟笑了笑说:"不用了,楼道口有灯,很安全的。"

子翔又说:"那几点来接你?"

文娟摇了摇头说:"也不知道要加班到几点。你还是先回去歇着吧,待会儿我自己在门口打车,挺方便的。"

子翔没有再说什么,眼光深深地停驻在她脸上,好一会儿,又充满深情地说:"那你也不要弄得太晚了,早点回去休息。能再见到你真好,真的。我会再给你打电话的。"说着,他又温柔地用手轻轻地捋了捋她额前的刘海,再一次深情款款地凝视着她。只这一个小小的动作，让文娟猛地仿佛回到了从前。那个黄昏，雨中，那个多情而又可爱的男孩，和那一段晶莹如水的爱情。她敏感的心再一次因为感动而微微地颤动。她甚至不敢正视他的眼睛，害怕自己就此而被融化了，迷失了方向，于是她连忙下了车，急急地跑向了写字楼。

来到办公室，文娟从文件夹中取出稿子，看了起来。可不知怎的，怎么也看不下去，仿佛每张纸上都印着子翔的面孔。尘封的往事一幕幕浮现眼前：在北行的列车上，在普贤寺的青石板小路上，在南方潮湿的雨雾中。那个生日的夜晚，子翔来看她，她一直把他送到巷口。一把小伞下，他的风雪衣蹭着她柔软的细发，年轻的呼吸彼此都可以感觉得到……她原以为随着岁月，这一切都会渐渐地在记忆中淡忘了。但是，他又回来了，带着沉重的记忆又回到了她的身边。仿佛是在梦中，而这一切又不是梦。一阵难以抑制的悲喜涌上心头，令文娟百感交集。于是，她放下手中的稿子，走到侧边的铁皮柜前，轻轻将它打开了。

那里面有她个人重要的文件，信，她的日记本，几本她想看的书。有一本是卡夫卡的短篇小说集，集中就有一张子翔早年时候的照片。那些信有晗之写给她的，也有子翔的。子翔的信用一根红色的丝带牢牢地捆在一起。记得当年搬家的时候，她原本想将它们付之一炬，但是在火苗上窜的一瞬间，又鬼使神差地将它们抢救了下来。而今，它们就那样静静地躺在那儿。

文娟抽出几封信,有的信纸已经发黄了。她打开其中的一封信,认真地读了起来:

文娟:

　　你好!

　　今天起得很早。在窗前站了好一阵子。窗外永远是一样的景色,一排红短墙,短墙内是邻家的后园,冬天有雪,春天来的时候,墙边一排黄澄澄的迎春柳,夏天几张凉椅,新添的孩子们的秋千架,秋天就是一园榆树的落叶,没有人理睬地慢慢溃烂,以至于化入泥里,再被冬天的雪花盖起来。这几天渐渐冷了,不久这儿就会下起一场大雪。想起了那句古诗:"前树深雪里,昨夜一枝开。"雪地永远是孩子们的乐园,打雪仗、堆雪人,欢声一片。到时候,我会拍一张最美的冬景给你寄去。不知道这时候的南方又是怎样的景致了?

　　文娟,此刻你在干什么呢?是已经醒来,还是仍然沉睡在甜甜的梦乡中,嘴角依然挂着永远属于你的纯真笑容?真的好想你,好想我的家乡。还记得我们的承诺吗?你想白,永远纯洁冰清;我想绿,始终坚贞如一……

再看另外一封,是这样写的:

文娟：

　　如晤。

　　今天，在实验室整整忙了一天，累得腰酸腿痛的。但是我依然很欣慰，痛并且快乐着，总是比庸庸碌碌地浪费时间和生命要好得多。走出实验室，已是满天星斗，真的有一种披星戴月的感觉。望着满天的繁星，我笑了，仿佛每一颗星星都是你亮晶晶的眼睛。我可爱的小姑娘，你好吗？

　　这一段时间，猜想你的功课是越来越紧了。为了不影响你的学习，我常常苛求自己不要给你写信，却又难以抑制自己心中的想念。人哪，是多么矛盾的动物！

　　星期天，到附近的书店转了转，给你买了一本优秀作文选和几本习题集。书寄出后我就后悔了。那些林林总总的习题不把你压弯累垮了才怪呢！所以你千万不要太认真，有空时随意翻翻，权当作为辅助材料而已。一定要注意劳逸结合，保重自己。

　　对了，那天还随书寄出了一条围巾，是那种带方格的红围巾。我这边已经下雪了，家乡那边天气也应该转凉了吧？不知道，你看到那条围巾后，会不会嫌它土气，怪我没有眼光？红色，象征着热情和温暖。愿它如同我一颗炽热的心温暖你未来的每一个日子……

看到这儿，文娟不禁潸然泪下，然后，她又轻轻擦了擦眼角的泪花，翻开了第三封，第四封……

"笃、笃、笃"，一阵矜持又略带焦灼的敲门声。文娟抬起头，只见总编苏天启正站在门口。他一边看似礼貌地敲着门，一只脚已经很不礼貌地跨了进来。

"加班啦。"他一进屋就带进来一股浓浓的酒气。

苏文娟显然是毫无防备，她紧张地站起来，嗫嚅道："苏总……"

苏天启一眼瞥见了她桌上的几封信，好奇地问："又在看读者来信啦，都是来自哪些地方的，给我看看。"说着就要伸手去翻。

文娟抢先一步，果断地用手压住了它们，倏地抓起来，塞进了打开的抽屉里。几乎是同时，她的脸蓦地红了。

"哇，还谦虚呢。不看也罢，不看也罢。"他有些自嘲般笑着说。

文娟红着脸编着理由："因为在赶一个版面，所以晚上进来看几篇稿子。看累了，所以就……"

苏天启大度地摆摆手，表明他并不十分介意。

为了尽快转移话题，文娟忙说："苏总，您晚上喝了不少的酒吧，是不是遇到了什么开心事？"

这一招果然奏效，一下子把苏天启的兴致调动起来了。"是啊，是啊。今天市新闻协会换届，你猜怎么的？个个都推选我当副会长，实在推脱不掉呀。晚上大家又你一杯我一杯地敬酒。真是人在江湖，身不由己啊。"说着，他的眼睛放光，那张宽宽、胖胖的脸上每个面孔仿佛都冒出了得意的光芒。

"那恭喜你了！这样挺好的。"文娟有些言不由衷地说道。

"小苏，你说的是真的？你不知道，我有多看重你的意见。"苏天启目光定定地望着她，向她走近了一步说："文娟，前次报社招考的事，真的让你受委屈了。我也知道，你说的那些都是对的。但是作为领导，我有我的难处。我也在找机会帮你做一些补救工作，慢慢缓和矛盾，消除影响，这一点希望你能理解，也请你相信我有这个能力。"说着，他拍了拍文娟的肩膀，继而又说："说真心话，我一直很想跟你好好谈谈，不是领导与下属的那种谈话。我真的很在乎你的感觉。"说着，他又一把抓住了文娟的手臂。隔着薄薄的丝质衬衣，她可以感觉得到他动作的粗野与蛮横。

猝不及防的苏文娟本能地想挣脱，但他的手像铁圈一样地死死地箍着她，借助酒精的力度，借助长久以来深埋于心中的那种渴望。文娟顾不得许多了，她使出了浑身的劲儿狠命地一推，只见苏天启一踉跄，重重地跌在墙角的黑皮沙发上，后脑勺也磕在了墙上。

文娟慌乱地瞥了一眼他，又连忙将视线躲开，不敢正眼看他的脸。她低着头，小声说："对不起啊，苏总。我真的不是有意的。您喝多了，我帮您冲杯茶吧。"

"不用了。"苏天启带着怒气说，两道浓眉拧在了一块儿。

"那，我让小陈上来，扶您到车上。"文娟真诚地说。

"不麻烦了！"苏天启说着，再次走到她面前，狠狠地足足看了她有三十秒钟，然后跌跌撞撞地走了出去。老远，就听到他"嘭"的一声将铁门重重地甩上了。

苏文娟无力地跌坐在座位上，仿佛刚刚经历了一场可怕的战争，身心俱疲。她知道这一回她真的是把苏天启给得罪了，彻头彻尾的。但是除了这样，她还能有别的什么选择呢？想到这儿，她给自己鼓了鼓劲：算了，随他去吧。然后，她又打开抽屉，将刚才胡乱塞进去的信又全部拿出来，一封一封地装好，整理好捆好，又重新放回了铁皮柜里。接着，又从文件夹里取出那些稿件，认真地审读起来。

十一

  这个晚上，苏文娟怎么也睡不着。可能是因为喝了太多咖啡的缘故，也可能是因为最近一件又一件的烦心事总搁在心上，使她难以排遣，反正她是怎么也睡不着。于是，她干脆披上了那件蓝底白碎花的睡袍下了床，走到窗前，默默地在那儿站了一会儿。

  窗外起风了，风正呼啸着穿过树梢，发出巨大的响声。她掀起窗帘的一角，月亮已隐进云层，星光也似乎黯淡了。她深深地叹了一口气，然后折回身，在床头柜上拿了那本白香词谱和苏德曼的《忧愁夫人》，坐在书桌前看了起来。

  《忧愁夫人》这本书她已经读了一大半。书中说忧愁夫人有一对灰色的翅膀，故事中的主角常常会在欢乐中，感到忧愁夫人用那对灰色的翅膀轻轻触到他的额角，于是他就陷入忧愁里。而现在，文娟也仿佛感到忧愁夫人就在她的身边，不时用她那灰色的翅膀在碰她，使她无处可逃。她认真地翻看了后面的几页，又在那儿痴痴地想了一会儿，然后起身轻轻走到了亮亮的房间。

亮亮睡得很沉，脸涨得通红通红的。文娟爱怜地望着他，又伸手去抚摸他的额角。这一摸不要紧，她的手仿佛触电一样地弹了回来。亮亮的头烫得吓人！她不由地大声地叫了起来："英姐，英姐，快来！"呼吸急促而紊乱。

被文娟的惊叫声喊醒，迷迷糊糊中，英姐顾不得穿上外衣，一阵风似的跑了进来。

"英姐你快看看，亮亮是不是发高烧啊？"文娟彷徨无助地望了望她，然后低头在抽屉里找体温计。但是找来找去还是没找着。

英姐担忧地说："我下午就觉得亮亮有些不对劲，无精打采的。文娟，这样不行，还是得送医院。烧太高，孩子会撑不住的！"

"送医院？但是现在已经一点多了。"文娟紧张得声音都变了调，但很快又定了定神说："英姐，我现在就给晗之打电话，你马上拧一把热毛巾来给亮亮擦擦头。"说着，她就拨了晗之的手机，可是电话那头却是令人厌烦的"您呼叫的用户已关机"。文娟以为是自己在慌乱中拨错了电话，又连拨了两次，可每次都是一样令人绝望的声音。

孩子在烧，怎么办，怎么办？倏地，仿佛有一线生机从心底升起，她猛地想到了子翔，此时此刻，她像要抓住一根救命稻草似的，她确定只有子翔能救她！于是，她又拨了子翔的手机。子翔在迷迷糊糊中接起了电话,但很快就作出了异常清醒的决策:"文娟,你别着急,我马上过去!过十五分钟你带孩子下来。千万别慌!"

文娟的眼角渗出了泪花,也许是因为紧张,也许是因为感激。她轻轻地摇了摇亮亮。小家伙睁了睁眼睛又无力地闭上了。嘴唇红红的,微微翕动着,半梦半醒似的。她们帮他穿好了衣服,喂了点温开水。亮亮耷拉着脑袋,无力地倚靠在妈妈的身上,看来他是走不动了。英姐果断地说:"亮亮,阿姨背你!"

"不,我要妈妈。"孩子一旦生病,就娇弱得宛如一朵风中的小花,也特别地依恋母亲。

文娟毫不犹豫地说:"英姐,你把亮亮放到我身上,该带的东西别拉下了。"说着,蹲下了身子。

"你行吗?"英姐爱怜地问。

"我行!"文娟咬着嘴唇说。

她挺着单薄的身体,托付着柔弱的孩子,一步一步艰难地向前挪动着。每走一步心里都恨恨地咒骂着:章晗之,你不是男人,你没有良心,你不配做父亲……虽然只有五个楼层,文娟已是气喘吁吁,精疲力竭。到了楼下,英姐连忙抢上一步,凑着亮亮的耳朵说:"亮亮乖,妈妈身体不好,让阿姨来好吗?"还没等亮亮回答,她就从文娟身上将亮亮接了过去,然后向小区门口奔去。

子翔的车已停在大门口。老远看到他们过来,他就急急地下了车,跑了过去,又从文娟身上接过孩子,背着他三步并着两步地向车子跑去。

到了儿童医院的急诊室，医生摸了摸亮亮的额头，有些担忧地说："怕又是一个急性肺炎的患儿。秋天天气转凉，得这种病的孩子实在是太多了。305房间的病人傍晚刚刚出院，你们先把孩子安顿在那儿。护士小姐马上会过去量体温。"

他们把亮亮带到305房，刚躺下不久，护士就将体温计送来了。文娟刚刚把它放进亮亮的胳膊肘底下，就听到护士对子翔说："孩子的爸爸跟我来一趟，把病人情况跟医生大致说一下。"子翔有些窘迫地望了一下苏文娟。文娟连忙接口说："护士小姐，还是我去吧。"说着，就跟着护士出去了。

房间内只剩下子翔和亮亮。子翔静静地在亮亮的床边坐下了，然后又静静地望着他。孩子脸上的轮廓是柔和的，皮肤原本是白皙的，因为发烧而显得通红，两排细而密的睫毛微微低垂着。可以说，这孩子遗传了苏文娟清丽柔和的所有特质，因而是可爱的。子翔用手轻轻地摸了摸他的额角，眼中掠过了一丝父亲一样的怜爱的光芒。

不一会儿，文娟就带着医生来了。医生看了看体温计，又看了看亮亮的咽喉，胸有成竹地说："你们派一个人赶快回去准备一下，可能要在这里住几天。待会儿先给他打点滴，明天做全面的常规检查。"

刚送走医生，就见英姐急急地跑进来，兴奋地说："文娟，电话终于挂通了,章先生马上过来!"听到这话,文娟好像并没有多少兴奋,很快,她也看到,子翔从亮亮床边局促地站了起来。她明白他处境的尴尬与不适,于是很体谅地说:"子翔,真心地谢谢你!你白天还有许多事要做,快回去休息吧!"

子翔略事思索之后说:"也好,刚好我下去帮你们办一下住院手续。顺便,我要不要送大姐回去取点急用的东西?"

文娟满含感激地点了点头。刚送他们到门口,子翔就示意她留步,然后一只手温和地拍拍她的肩膀,叮嘱说:"不要再着急了,到了医院就安全了。我会再给你电话的,你有事也随时给我挂电话。"

过了一会儿,晗之来了。一进屋,他便十二万分歉意地说:"娟,真是对不起啊!刚好手机没电了,换了一个电池才……"

文娟似乎并没有多少领情,她愤愤不平地说:"反正你也已经不是第一次了。总是在关键的时候,不是没电就是没信号。"

晗之不敢再应,他急切地冲到亮亮身边,怜爱地抚摸着儿子的头。仿佛是心灵感应似的,亮亮竟然醒了。见到爸爸,小家伙难抑心中的惊喜,然后又撒娇似的喊了一声:"爸爸,我的头好痛。"

晗之内心的歉意更深了。他回过头,轻轻地拍了拍文娟的肩膀,柔声说:"别生气了,我以后再不会了。"停了停,他又关心地问:"那刚才你们是怎么过来的?"

"是一位叔叔送我们来的。"亮亮连忙接口说。

"叔叔,哪位叔叔?"晗之的眉毛挑了挑,狐疑地望着苏文娟,语气中充满了警觉。

既已至此,文娟也不想隐瞒什么了,她很坦然地说:"是子翔,他回国快半个月了。"

"为什么要他送?不能自己叫的士吗?"晗之的脸扭在了一起,像抽筋似的难看。

"从家到大街上,那么远的路程,亮亮发着烧,不能吹风。况且,一点多了,到哪里去叫的士呀?"文娟伤心地辩解着。

"世界这么大,你就非得找他不可吗?"晗之的目光显得更加凌厉了。

文娟觉得一阵心痛,委屈的泪水盈满了眼眶:"晗之,你为什么不好好反省一下自己,看看自己是否已经尽到了一个做父亲的责任,而只是无端地去怀疑别人,好像我们做了什么见不得人的事。"

晗之冷冷地说:"这完全是两码事。况且,我也没说过你们做了什么见不得人的事,你倒不必做贼心虚。"

苏文娟觉得百口莫辩,她只感到浑身一阵痉挛颤抖。一夜的疲倦、辛苦、焦急使她此时此刻感到特别的虚弱。她软软地在亮亮床边坐下,无力地斜靠在墙上,半天,才从齿缝间挤出一句:"我们不要再说了,你简直使人无法忍受!"然后,她侧脸去看亮亮,这才发现他正瞪着一双大眼睛,惊恐万状地望着他们,小小的嘴唇微微翕动着。文娟担忧地握着他的手,心疼地说:"亮亮,别怕!"晗之也注意到儿子脸上的表情，他也紧张地对儿子说："儿子，爸爸只是跟妈妈呕呕气，很快就会没事的。你看，我们这不是挺好的吗？"说着，他艰难地从嘴角挤出一丝笑容，带着极其复杂的眼光瞥了一下文娟，又指指右边的陪护床说："你也累了，躺下歇会儿吧。我在这儿守着儿子。"

文娟没有推脱，她真的累了，身心俱疲。她和衣躺下，不一会儿就沉沉地睡着了。天还没大亮，文娟就被一阵电话铃声给吵醒了。晗之对着手机叽里咕噜地说了几句，又急急地跑到屋外继续讲话。回到病房里刚坐定不久，电话又响了。这样折腾了四五次，文娟已经毫无睡意了。她茫然地睁着刚刚睡醒的眼睛，带着一丝责怪的语气说："晗之，你真的会忙到这个地步吗？"

晗之斜了她一眼，没好声气地说："你懂什么，男人的世界又不只仅仅是一个家！"

文娟听到这句话，对着自己浅浅地笑了，一种迷茫而无奈的笑。是啊，男人的世界真的不仅仅是一个家。半晌，她抬头低声地对晗之说："晗之，如果你真的这么忙，那就先忙去吧。我和英姐能顾得过来！"

晗之思索了片刻说："也好，我先去了。晚上我会给你们打电话的。一会儿，我也会再交点钱，充到卡上，跟医生说要用最好的药，知道吗？"文娟稍稍点了点头。

天边已露出了一丝晓色。文娟默默地走到窗前，轻轻地拉开了一小角淡绿色的布窗帘，让一点点阳光透射进房间里来。新的一天已经开始了，但她好像并没有太多的期待。日子日复一日，年复一年，今天与昨天又会有什么不同呢？

不一会儿，她的手机响了，是子翔挂来的。

"孩子还好吧？昨晚上都没有休息好吧？"子翔急切地问。

"还好。"文娟只轻描淡写地回答道。

"早饭预备在哪里吃？"子翔的语调俨然像一个大哥哥。

"一会儿英姐会送来。"

"记住，照顾好孩子，照顾好自己。"子翔嘱咐着，声音低柔而关怀，颇富感情的。

"谢谢你，子翔！"文娟满含感激地点了点头。仿佛有一种奇异的感觉渗透进她的血管中，她像被一股温暖的潮水所包围住，感动莫名。她真的好想哭出来。

十二

亮亮在医院住了六天，基本上痊愈了。回家以后，英姐是竭尽所能，好鱼好肉地伺候着，竭力想把失去的营养给补回来。经过半个多月的调养，小家伙脸上的红润又重新回来了，脸圆嘟嘟的，好像比原来更胖了一些。

又是一个星期天的下午，天气不错。想到已好久没有见到福利院里的那些孩子了，文娟便带着亮亮去了一趟那里。

福利院里面貌依旧，只是又多了两个孩子。大一点的那个男孩叫小松，而小的那个只有一岁多，是个眉眼清秀的小女孩，大家都亲切地叫她"小点点"。这个大家庭里又多了两个新成员，更热闹了，孩子们自然高兴，可文娟的心里总觉得不是滋味。

亮亮在那儿和小朋友玩了一阵，文娟则坐在古榕下与牟院长轻松地聊了一会儿，然后他们就离开了。

从儿童福利院出来，亮亮就一直闷闷不乐的。

"怎么了，亮亮？"文娟蹲下来，用纤细的手指轻轻抚着儿子的脸，眼睛温柔地对着他，轻声问："是不是又后悔了？"

从亮亮三岁半开始，文娟就常常带他到这家儿童福利院，给那些失去父母的孩子送些吃的、用的，还有一些暂时不玩的玩具。每逢节日，还特地送些新衣服、新本子、新玩具什么的过来，因此，院里的孩子都亲昵地喊他们"文娟姑姑""亮亮哥"。但是孩子毕竟是孩子，每次送走了心爱的没有玩腻的玩具，亮亮总是有好一阵子的伤心与不舍。

但是，这会儿，小家伙的头却摇得像拨浪鼓。

"不是为这个，那又是为了什么呢？"文娟感到有些不解。

"妈妈，我只是在想，福利院里有的孩子真的太可怜了。比如那个小点点，就因为她比别人多长了一个手指头，她的爸爸、妈妈就那样狠心地将她丢弃在路边，真是太可怜了！"孩子清澈透明的眸子里闪过了一丝不属于他这个年龄的伤感。于是，苏文娟明白了，孩子一天天在长大，残酷的现实开始让他体会到人世间最初的艰辛与无奈。

"还有那个小松弟弟，他爸爸死了，妈妈跟人跑了，院长奶奶说，他本来不应该是孤儿的，但是福利院不收留他，他就无家可回了……"小家伙的声音明显带着哭腔。

苏文娟感到内心一阵怜惜，她急急地用手指捂住了亮亮的嘴，眼角挂着泪花说:"可他们还有院长奶奶,还有亮亮哥,还有许许多多像妈妈这样的大朋友疼他们爱他们呀!亮亮,乖孩子,不要再想这些伤心的事了。至少,亮亮是一个非常幸福的孩子,不是吗?有爸爸、有妈妈,无论遇到什么困难,妈妈都会和你在一起的!"说着,她一把将孩子揽入怀中,不断地在他的背上摩挲着。

街上人来人往,车水马龙,热闹非凡。人置身于世界的某一角落,真的是太渺小太微不足道了。

天气不冷不热,所以亮亮想坐三轮车,文娟笑着依了他。蹬三轮车的是一个外地来这里打工的年轻人,健康乐观而有活力,骑起车来特带劲,三轮车"叮铃铃"的铃声一路摇曳生辉,不多久他们就到了家。

回到家,文娟就一头钻进书房里,启动电脑,准备给远在异乡的若桐发Email。若桐走了已近两个月了。这两个月又发生了许多事:文娟的又一部中篇《相见时难》发表了,市里为她举行了作品研讨会,研讨会开得很顺利,几家主流媒体都作了报道。有两家报纸的副刊还整版介绍了她和她的作品;晗之公司的股票在香港上市了,出奇制胜;子翔回来了,他们通了许多次电话,见了三次面,子翔还帮了她一次大忙,但一切风平浪静;亮亮顺利通过了小提琴五级考试……

这时候,大厅的电话铃声响了。文娟恹恹地喊着:"亮亮,接电话!"

小家伙可不睬她呢，这会儿，他已经完全沉浸在动画片带来的快乐之中了。也难怪，这是他的"专利"，文娟曾答应过他，只要他每天都表现得好好的，周末一定让他看两三集他喜欢的动画片，更何况今天看的是《猫和老鼠》，一部非常诙谐搞笑的动画片。猫和老鼠是一对扯不清的冤家，永远处于无休止的追逐与被追逐、游戏与被游戏的战争中。动物的世界有的时候与人的世界真的没有什么两样。这样的动画片连她自己都爱看，难怪亮亮那么着迷。这一刻可能是看到什么精彩处了，他"咯咯"地笑个不停。

大厅的电话铃声仍然响个不停。苏文娟只得懒懒地站起来，走向大厅。她一边拿起电铃，绞着电话线，一边甜甜地问好：

"您好，哪位？"

"找章晗之。"是一位年轻女子的声音，语调毫不客气。

"晗之不在。"文娟答应着，心里直犯嘀咕：什么人这么没有礼貌？

"不要跟我说他不在，叫他来听电话。"对方不依不饶，声音里冒着浓浓的火药味。

"他一大早就出去了。"尽管内心掩饰不了对对方的厌恶，但是出于礼貌，苏文娟还是尽量克制着自己的情绪："您有什么事，能告诉我吗？我是他爱人。"

"爱人？你是他爱人？他真心所爱的人？"对方歇斯底里地叫起来，然后又"哈哈"一阵狂笑："我才是他爱人。这是他亲口对我说的。"说着说着,不知怎么的,她的情绪好像异常激动,一下子又哭了起来:"可是,可是他现在又说不爱我了,肯定又去找别的女人了,翻手为云,覆手为雨,说不要我就不要我了。当我是什么呀?流氓、魔鬼、骗子……"她简直是疯了。

联想到最近几天晗之总是唉声叹气、心神不宁的异常举动,苏文娟猛地惊醒了:这女人的哭诉应该不是空穴来风。一段时期以来深藏心中的一种不祥的预感终于得到了印证,而这一切实在是来得太突然了。

文娟久久地愣在那儿,手和嘴唇都抖得厉害,半天应不了一句话。

"你告诉他,我已经怀了他的孩子,我不会放过他的。我不会让你们有好日子过的。你们谁也别想躲得过!"对方一边擤着眼泪鼻涕,一边狠狠地说,可以想见她此刻的样子有多么的狰狞可怕,多么的飞扬跋扈。

随着对方重重的"啪"的一声扔下电话,一座大厦也仿佛顷刻间在文娟的面前坍塌下来。那是她和晗之苦苦构建起来的婚姻大厦,是她用青春、热情以及所有的希望构筑起来的婚姻大厦啊!记得结婚的前一天,她曾给在外地工作的若桐写信,信中有这么一段:"若桐,明天我就要结婚了。现在,我真的已经不想子翔了,因为他离我太远。我会好好地爱晗之,尽管我们两人,是妈妈介绍并极力撮合的,但他确实对我很好。他不是一个英俊的骑士,一个扎实的，但不是没有情趣的男人。他的工作在北方，但为了我，他来到了南方。在南方我们将建立一个小小的家。他工作，我治家，休假的时候我们可以到海坛漫步或是坐在南山湖那棵大榕树底下。我认为幸福在于自己去找，去建立，不在于到何处去找。而我已找到了我的幸福，希望你也能很快找到你的。"

而今，这座大厦倒了，它一步步向她压过来，让她透不过气，简直就要窒息。她只觉得一阵晕眩，眼前猛的一黑，一头栽倒在沙发上。

也不知道过了多少时间，亮亮走过来，用小手轻触她的额角，轻声问："妈妈，您不舒服吗？"

文娟无力地摇了摇头，深深地长长地叹了一口气。

"妈妈，我差点忘了，明天我们要上手工课，老师要我们收集一些秋天的叶子作剪贴。您陪我去湖边捡一些树叶吧！"亮亮天真地说。

"亮亮，乖，妈妈头痛得厉害，你自己约小朋友去吧！"文娟有些痛苦地说。

"不嘛，不嘛，我就要妈妈陪，我就要！"小家伙固执地说。孩子永远无法理解大人的苦楚。

文娟只得硬着头皮，披了一件风衣，随亮亮下了楼，缓缓走向湖滨公园。

已是秋天，空气中散发着一股淡淡的微凉。因为是星期天，便有许多人在那儿散步。寥落的几张青石板长凳上依偎着三、两对热恋中的情侣，情话呢喃。草地上，有天真的孩子在活泼地奔跑、嬉戏。亮亮走走停停，一会儿又小跑几步，追逐寻觅着他喜欢的各种形状的叶片。人们都沉浸在自己的世界里，不会在意，有落花在泥泞中悄悄萎化。

苏文娟在一棵树旁默默停住了。这是她一直喜欢的合欢树。她用忧伤的眼神长久地抚摸着这棵树。在黄昏淡紫的氤氲中，它安静地敛起羽状的长叶片，美得让人心碎。记得小时候，在故乡萧山的院落里，也有这样一棵合欢树。她曾无数次在树下听爷爷讲故事、读诗。后来爷爷把它移到了邻近的小学校里。六七月的时候，那毛茸茸的粉红花朵便吸引了许多黑眼睛、小脑袋簇拥在那棵花树下。如今，爷爷已经不在了，也不知道那棵树下是否还伫立着许多爱做梦的女孩，她们是否会像她年少时一样担心风会把花吹走呢?!

这时，亮亮抓着一把树叶向她跑来，像一阵轻快的风。胸脯跑得一起一伏的，两颊红红的，衬得一双眉毛和眼睛一黑一亮。他的身后还跟着两个一大一小的小孩，不消说这是他刚刚结识的新伙伴。他们围住她让他评判谁捡到的最美，文娟认真地看了看说："每片叶子都是生命，都很美。"其中一个大眼睛的孩子举着一片树叶说："阿姨，这是阳光和空气。"阳光和空气，多好的比喻呀！这是每一个对世界充满梦想的孩子都可能找到的新奇的发现。但他也许还不知道，这些曾经年轻的充满活力的叶片，一旦飘落了，凋零了,很快就会变黄、干枯,就像梦一旦迷失了方向,就永远再也不回来了。

想到这儿,苏文娟不由地打了一个寒噤,她轻轻地竖起了白色风衣的立领。天凉好个秋!

十三

连着几天,那个陌生女人都不断地打电话来骚扰。文娟虽然不卑不亢地与她对峙着,但内心却是极度的惶恐与不安。感觉自己就像是一只羸弱的极力想保住爱巢的燕子,面对着狂风暴雨,深感孤立无援,而又岌岌可危。巢破了,雨打在身上,那种寒冷是锥心刺骨的疼痛。

她也在等,一直在等,等着晗之把他的真心话给掏出来。但是,她渐渐地失望了。其实,对于晗之来说,心态也是相当复杂的。步入中年以后,原本感情已经滑入了一条平稳的槽,揆之情理,已不应该像年轻人那样冲动了。而且,他真的珍惜文娟,珍惜这个家。他懊恼自己不该一时沉于情色,掉入了温柔陷阱之中,虽好想力挽狂澜,但似乎已经回天无力了。文娟那犀利清澈的眼睛使他感觉无处可逃,她那深刻的忧伤与无助又使他感到愧怍与难过。

他真的好想对她坦白，真心请求她的原谅。但是如果一切和盘托出，她是否会原谅他呢？他知道她一向追求完美，眼睛里容不下一丝龌龊。这样的女人能原谅这种事吗？他毫无把握。当然他也不知晓，她对这件事的前前后后到底掌握多少。如果事情稳妥解决之后再跟她深入坦白，会不会更好一些呢？带着心中的一丝侥幸，他尽量拖延着时间。

这天夜里，晗之照例回来得很晚。当他捻亮客厅的电灯时，不由得猛地吃了一惊。文娟正独自一人默默坐在黑暗中。"吓了我一跳，为什么不开灯呢？"

文娟没有回答他的问话。他连忙又关切地说："这么晚了，赶快去睡觉吧，明天还要上班呢。"

文娟仍旧没有说话。晗之的心猛地一颤，嗅出了空气里某种不寻常的紧张，但他依然尽量保持着平静，柔声地问："怎么了？"

苏文娟微微抬起头，目光茫然地望着他，低声说："晗之，难道你都没有什么话要对我说吗？"

晗之极力地回避着她眼角射过来的寒光，假装轻松地说："当然有很多话要跟你说，只是今晚太晚了，你看……"

文娟进一步逼视着她，冷静地说："晗之，什么时候开始，你已经变得如此不真实，变得如此虚伪和做作了，你是不是以此为荣啊？"

晗之的脸一下子红了。许多天来，他竭力想掩饰、想保护的一些东西，此刻好像正被文娟一层层地剥落下来，暴露在明亮的白炽灯下，使他体无完肤。文娟清澈无邪的眼睛真的让他无处可逃。他感觉自己几近崩溃，慌乱地跑向文娟，蹲在她的膝下，懊悔不已地解释说："文娟，对不起，真的对不起啊。不是我刻意要隐瞒你，是因为我实在没有勇气说出来，我害怕，我怕……"

他的手紧紧地攥着她，头深深地埋在她的膝盖上，语气慌乱而不连贯："原谅我。其实，我们只是那次一起出差，旅途的孤单与寂寞，使我一时昏了头，才做出那种对不起你的事。文娟，原谅我，我知道我错了，我是个男人，有着男人的弱点。给我机会，原谅我……"他的声音颤抖着，眼角挂着晶莹的泪花。他的表情就像是一位刚刚犯过错误的小学生，急切地期待着老师的评判与原谅。

文娟的眼角也湿润了，她哽咽着说："晗之，你是一个男人，有着男人的弱点。我是一个女人，也有着女人的许多弱点。如果今天犯这种错误的人是我，你会原谅我吗？你会吗？"

晗之无助地不置可否地望着她，眼角依然挂着泪花。

文娟皱着眉，极痛苦地说："谢天谢地，你总算没有再说假话。你不能原谅，对吗？这一点我完全可以理解。那么，凭什么你就可以那样残忍那样自私地苛求我就这样原谅你？"

晗之低下头，默默不语。半天，他才直起身子艰难地站起来，猝然放开她，极端无奈地说："那你要我怎么办？"顿了顿，他又喑哑地说："我累了，那个疯女人寻死觅活地折腾了我一整天，我已筋疲力尽了，没有精力再想其他。"之后，他又深深地叹了一口气说："随便你们怎么办了，要离婚，要上诉，都随你们吧。反正我现在已成了砧板上的肉块，任由你们处置了！"说着，他跌跌撞撞地挺着僵硬的脊背走进了卧室，把文娟一个人丢在了外面。

文娟咬着嘴唇，豆大的泪珠"吧嗒吧嗒"地淌了下来。

连续几天，苏文娟都是无精打采，忧思重重的，仿佛心头积满了一堆堆的愁云。这天，她从校对室出来，缓缓地走向了副刊部。靠近副刊部的时候，老远就听到陶慧如那独具特色的嗓音："我看她这回可真是惨了。"

接着是小王惊讶的问话："陶姐，这种事可不是闹着玩的。你从哪里听来的？"

陶慧如胜券在握地说："这种事还会有假？章晗之是个名人，一旦风吹草动，自然是满城风雨。这回事情可闹大了，听说那女的怀了他的孩子，还要告到市纪委去呢！不过这种男人指不定还跟多少女人上过床呢，只是这回栽到一个厉害女人手里了！"

小王满是同情地说："那这可苦了苏姐了！"

"哼，她也活该！瞧她那平时一副骄傲公主的样子，连邓主任那么好的人她都要得罪。这下可不是被人家当作旧衣服一样地给甩了？"陶慧如恶毒地说。

"陶姐，你说话可要注意点呀，人家现在可是红透半边天的女作家呢。"是钟敏芝的声音，阴阳怪气的，充满了幸灾乐祸的窃喜。

133

"女作家？女人写小说，还不是身边琐事。"陶慧如止不住语气里的尖刻："她们的天地就在一个房子里。哪天房子塌了，还不知道坐到哪里去当她的作家哪。"

苏文娟感觉到脑袋里"轰"的一声巨响，身上所有的血都向脑门上冲。她猛地感到一阵晕眩，手无力地垂了下去，手上的东西：稿子、版式、尺子、小样"哗"的一声全散落在地上。

世界仿佛在那一刹那间停止了转动，所有的目光都齐刷刷地聚集在这里。文娟机械地俯下身去拾捡东西，小王忙着跑过来帮她。陶慧如趁着这个机会悻悻地离开了他们的办公室。钟敏芝呢，则假装低头认真地看着当天的报纸。

苏文娟坐到自己的位子上，脑袋里一片空白。她也不知道究竟做错了什么，为什么全世界的人都不肯放过她？好不容易挨到了下班时间，所有人都走了，她恍然才有了回家的感觉。

街上，人来人往，川流不息。站在行人流里，苏文娟好像是流动的溪水里一根不动的木条似的。身外很拥挤，而内心却很空寂。她惶然四顾，一时间竟不知道自己该何去何从。

她没有直接回家，而是选择去了心雯家。摁了半天门铃，心雯才哼着小调出来开门。她系着一条宽大的粉红色围裙，一副忙碌而能干的家庭主妇的做派。之前正对着菜谱精心烹制一道焖烧海鲫鱼的菜呢！她打开门，吓了一大跳。苏文娟正倚着墙颓然地站在那儿，苍白、瘦弱且憔悴。她的憔悴使人吃惊，那样子就像是一根小指头就可以把她推倒。她赶忙把文娟拉进里屋,推了张椅子给她,文娟身不由己地倒进了椅子里。

心雯又端来一杯开水,焦急地问:"文娟,到底出了什么事?告诉我!"

文娟只觉得心抽成了一团,她突然抑不住,猛地低下头,把脸放在手掌里。手指挡不住,掌心盛不住的眼泪匆促地奔流下来。眼泪一经开了闸,就不可收拾地泛滥了起来,一刹那间,心里所有的烦恼、悲哀和苦闷都齐涌心头,连她自己都无法了解怎么会伤心到如此地步。

心雯从未见过她如此伤心,心疼得要死,一把抱住文娟,像要把所有的信心与坚强都传导给她,动情地说:"哭吧,文娟,有什么委屈都哭出来吧!告诉我,这究竟是为什么?"说话的同时,她自己禁不住跟着文娟抽泣起来。

然后,文娟便把一肚子委屈的苦水一股脑儿地向心雯倒了出来。听着听着,心雯的手攥成了一个拳头,她的眼睛像要喷出火焰来。她愤怒地说:"我一直当晗之是正人君子,原来他是这么一个人!还有你们那些嚼舌头的同事,真是太可恶了,简直是小市民,高尔基笔下让人唾弃的小市民!"她心里知道,文娟个性清高,懒得与人周旋,也懒得做虚伪的表面文章,但即使这样,他们也不至于要那么刻薄地对待她啊。

须臾,心雯又义愤填膺地说:"文娟,晗之现在在哪儿,我这就去找他。我要当面问问他，那些曾经的山盟海誓是不是都是骗人的鬼话？他的良心又到哪里去了?!"

文娟绝望地摇了摇头，无力地说："没有用了。一切既然已经发生了，讲这些还有什么用呢？"她的睫毛垂了下来，然后又抬起眼睛来，眼光满是彷徨无助。

这时，心雯的老公"眼镜"绞了一把热毛巾进来准备给文娟。心雯没好声气地喝道："去，去，去。你们这些男人，没一个是好东西！"他憨憨地笑了笑，推了推鼻梁上的眼镜，知趣地退出去了。

过了半晌，心雯又关切地问："那现在应该怎么办，你仔细考虑过了没有？"

"不知道。"文娟喑哑地回答道。片刻，她含糊不清地说："晗之好像算准了我不会离婚似的，他真的并没有太深的悔意。"

心雯越想越窝气，她猛地站起来。大声说道："这就是你的不对了，受了这么大的委屈，你只会自己独自一人默默地忍受着。换了我，我就是要大吵大闹一场，然后离婚！"

"那孩子怎么办？"文娟又一次彷徨无助地望着她。

"孩子，孩子，"心雯好像一时也想不出什么更好的办法来，她像个困兽般在屋里兜了一圈，终于站定在文娟面前说："拿不起、放不下，这才是我们女人跟男人最大的区别，也是我们最大的悲哀！"

晚餐非常丰盛，心雯还不断地搛些菜放在文娟的碗里，但文娟一点胃口都没有。才吃了半碗饭，就放下了筷子。

"又怎么了？"心雯担忧地凝视着她。她的脸苍白得难看，含泪的眼睛像两颗透过水雾的寒星，带着无尽的哀伤和凄婉。她心疼地说："文娟，今晚你就在我这儿住下吧，一会儿打个电话回去。你这个样子怎么能让人放心？"

文娟轻轻地摇了摇头。

"那不然到你妈那边住几天，也好散散心。"

文娟咬着嘴唇，低声说："父母年纪大了，我不想让他们太担心，况且也放不下亮亮。"

心雯无可奈何地叹了口气。

夜渐渐深了。苏文娟漫无目的地在街上走着。秋天的夜已经很凉了。风从辽阔的远方吹来，打在身上是冷飕飕的。天空中吊着闪亮的星，中间夹着的一小弯月光，反而把细致的星光的和谐破坏了。路边几个小面摊，几辆三轮车。车夫有的缩在篷里，有的坐在脚踏上瞌睡，有的就蹲在车旁，也被疲倦带进了与世无争的梦乡。街道变得异常沉寂，行人寥寥，偶尔有人骑自行车从她身边擦过，总忍不住回头看看这个深夜的独行人。她干脆转进一个公共汽车站，在长椅上坐了下来。

又有一辆老迈的公共汽车开来，远远看见车里坐着的几个稀落的人，身子随车的颠簸摇来晃去，好似已在梦中，或在醉乡。车后扬起的灰尘，一直升到星星洒下来的细光里，然后再飘落到两旁棕桐的阔叶间，一切都显得那么稔熟而陌生。

　　车子来了一辆又走了一辆，站上的人已变得越来越少。又一辆857电车来了，小站上仅剩的四个人，有三个向车门聚集。走在最后的是一个扎着马尾巴非常清秀的女孩，她身上背着一个宽大的画框，猜想应该是上完晚自习的美专学生。她一只脚刚要跨上去，又连忙快速折回头，关切地对着苏文娟说："已经是最后一班车了，您不上吗？"目光中充满了怜悯。

　　苏文娟朝她惨淡地笑了笑，然后无奈地跟在她后面上了车。家，就在那不远的地方，可她却觉得此刻离她是那么的遥远，想到这儿，泪水禁不住再一次迷蒙了她的眼睛。夜更深了。

十四

  一连下了好几天的雨，苏文娟的心就像雨天一样的阴沉。好不容易雨停了，天晴了，但她的心却怎么也走不出那片灰暗。

  这些天，晗之不断地找机会出差，其实只是因为不敢见她。男人有时就是一种相当懦弱的动物，明明知道是自己的错误，却不敢去坦然地面对，于是只能选择逃避。苏文娟感觉到从未有过的孤独与无助。倒是心雯，是她永远的盟友，一天早晚两趟电话，总是先骂骂晗之，再说说贴心贴肺的安慰话，风雨无阻。这多少给苏文娟些许心灵的慰藉。

  这天上午，忙完了，苏文娟木木地坐在座位上，意态寥落地玩弄着桌上的一支铅笔。经历了人生最惨重的一次打击，她变得更加沉静，也更加沉默了。

  办公室里没有其他人。肖主任轻轻走过来，十分担忧地问：

"小苏，你，好些了没有？"语气中溢满了父亲一样的关怀。是的，他不会说那些冠冕堂皇的宽慰话，但他的话却有着极强的感染力。

只这样一声低低的询问，就把苏文娟内心深处所有的委屈、伤感都牵动了。她的眼圈渐渐红了，湿了。她轻轻地用双手蒙住双眼，尽量把泪水藏匿在指缝间。多少天了，面对同事的白眼、奚落与幸灾乐祸的窃喜，她都不曾当面哭过，而这一刻，她却再也忍不住了。肖主任的心像被什么猛抽了一下，一阵揪痛：这是一个多么好的女人呀，这世界对不住她！

许久，苏文娟才微微抬起头，望着肖主任，像咽下了哽在喉咙口上的一块硬块似的，艰难地说："我行！"这是这些天来她对心雯，也是对自己说过无数遍的话。但是她自己到底能撑多久，她真的也不知道。

桌上的电话铃声急促地响起来。接起来一听，是子翔的。

"怎么声音这么低沉，是感冒了，还是怎么的？"多少年了，很多东西都改变了，唯有他的声音依然是那么刚健有力，充满了磁性。

"没有。"苏文娟淡淡地说。

"没事就好。晚上我们几个朋友聚会，你来参加吧。作家应该广泛接触民生，到社会中体验生活，总不能老是闭门造车嘛。"子翔说着，自己哈哈地笑着，看来他的心情不错。

"我不想去。"文娟简明扼要地回应着，不想有所隐瞒。

"还是去吧。不能老是闷在家里。"子翔不想轻易地放弃。

沉默,又是一阵沉默。看来劝说的效果并不是太理想。于是,子翔只好带着几分无奈说:"那好吧,文娟,我们改日再联系吧。"

肖主任在文娟身旁站了一会儿,若有所思,忽然他开口说:"小苏,是朋友叫你出去活动吧?我个人倒觉得,这个时候,你更应该多出去散散心。朋友在一起说说笑笑的,很多烦恼自然就会淡化了。"

正说着,桌上的电话又响了。

"文娟,我仔细想想,总觉得不对。你真的没有什么事吧?如果工作或别的什么有什么不顺心的话,还是出来放松放松好。大家在一起乐一乐,很快就会好起来的。"

"我又不认识你的那些朋友。"文娟的意思虽然还是回绝,但口气已明显没有那么坚决了。

"那有什么关系。一回生,二回熟,大家在一起说说笑笑,很快就会溶在一起的。"子翔的语气中充满了欣悦:"这样吧,六点钟在香满楼酒店三楼兰亭阁。我等你。"

停了停,他又连忙说:"不然,我让司机过去接你。你看几点钟过去方便?"什么时候,子翔都没有遗落他的体贴与关心。

"不用了,我找得到。"文娟低声说。

下班了。按子翔提供的地址,苏文娟找到了那家酒店。这是家刚刚开张不久的酒店,金龙斗彩的厅堂,闪亮平滑的廊道,堂皇的但不免带点俗气的装置以及穿了笔挺白色制服的侍者和他们开口闭口的洋礼节都彰显着它的豪华与气派。

苏文娟由侍者领着，来到了三楼的"兰亭阁"。子翔和他的五六个朋友已经在那儿了。见到文娟，每个人的脸上立刻都挂上了一个大大的疑问号，仿佛她是一个未曾料到的不速之客。

子翔急切地迎上来，拉她在他右边的座位上落座："介绍一下，这是我的小妹。"

"好哇，程总，什么时候又多了一位小妹，怎么我们原先都不知道？"一个朋友急不可待地笑着问，笑容看起来有些像嬉皮士。

还有一位更夸张了，索性就唱起来："你究竟有几个好妹妹，为何每个妹妹都嫁给眼泪，你究竟有几个好妹妹……"

子翔只是笑着，不说话。苏文娟却显得很窘迫，她想换个位置坐，但子翔又拉了她，所以只得局促地坐了下来。很快，就有人问："小姐，怎么称呼您呢？"

"苏文娟。"文娟的声音很低。但是，他们的好奇心远未得到满足，一个问题接着一个问题向文娟甩来。"苏小姐是从事哪个职业的，公务员、教师？""苏小姐平时不常出来玩吧？"文娟只是有一句没一句地应答着，气氛好像不是那么融洽，这种局面一直持续到姚芊芊的来临。

当姚芊芊由侍者引导着，出现在雅座间的门口时，屋内的气氛仿佛一下子点燃了起来。一片雀跃的"芊芊""姚小姐""小姚"

"姚芊芊"的呼声仿佛火热的太阳向她喷射过去，每个男人的亢奋度都达到了沸点，只有苏文娟感到了一阵燥热，身边的空气也由凝滞而变为急速的旋转了。

她笑着走进来，先把包搁在子翔边上的位置上，然后当仁不让地坐了下来，这与文娟的拘谨形成了非常鲜明的对比。文娟这时才开始仔细地打量起她来。这是一个相当漂亮前卫的女孩，年纪很轻，顶多二十来岁。她穿着束腰紧身的牛仔裤，粉红色的长袖T恤，胸前印着一排抢眼的英文字母。而粉红色恰好能衬出她脸上皮肤的白皙与透亮。她的脸像太阳，耀眼的亮，耀眼得令人目眩，使你不得不多看她几眼。她的眼睛很亮，而且顾盼生辉。这样的女人走到哪儿，都可能成为中心，尤其是男人扎堆的地方。

人到齐了。子翔简略介绍了来宾之后就示意侍者上酒上菜。于是，侍者先端上一个大盘子，上面有各式各样的酒及饮料。有人要了啤酒，有人要了红葡萄，而文娟则要了瓶汽水。还没等侍者取下来，马上有人抗议道："不行，不行。今天晚上气氛这么好，绝对不许喝饮料！"

子翔连忙解围道："她不会喝酒，不要为难她了！"

"此话怎讲？程总，怜香惜玉，也不是这个时候呀！不行，初次幸会，怎能有所保留。"另外一位不失时机地凑上一句。

这时，芊芊嗲嗲地说："我也不会喝酒，不如我们大家都不要喝了。"声音娇娇的，但分明是在抬杠。她一边说着话，一边还用左手轻轻抚弄着右手无名指上的一枚粉红色钻戒。

兴许是芊芊的话或是她的表情触及了文娟敏感的心,她有些孩子气地倔强地应了一句:"好吧,不能让姚小姐太失望了!"然后站起来,猛地从盘子上取下来一瓶红葡萄酒,放在了面前。子翔愕然地望着她。

然后,大家的注意力再一次集中到姚芊芊身上。马上有人问:"芊芊,怎么又换了一枚钻戒?肯定又是哪个款哥的'小意思'了,不会是程总吧?"

芊芊极其神秘地无可无不可地笑着,笑容相当陶醉。子翔连忙"哪里,哪里"地应答着,圆着场。但是,大家还是你一句,我一句地不肯放过她,都想把答案给套出来。哪知道,姚芊芊也不是好对付的女孩,她一会儿笑,一会儿哂,一会儿又佯装生气,眉毛一抑一扬的,充满了妩媚,也足见她与这些人关系的熟稔,于是男人们又是一阵开心又轻狂的哄声。

这时,子翔提议大家举杯、碰杯、干了。

文娟喝了,只感到一股辣辣的东西一直烧到她肚子,让她浑身都不舒服。丰盛的菜肴一道接着一道地上来,人们的话题一茬接着一茬,从政治时局到股票、物价、禽流感,到NBA、桥牌、本·拉登,当然还夹杂着许多儿童不宜的荤段子。姚芊芊似乎对明星的私生活更加感兴趣,明星结过几次婚、离过几次婚、整过几次容以及他们的恋爱她都了然于心、如数家珍。她对子翔也显得异常热情,说话对着他的耳朵，听话看着他的眼睛。当然，她也是众多男人眼中的神奇宝贝。她是那种懂得怎么笑、怎么走路、怎么说话及怎么不说话的动人的女人，这样的女人男人无法不喜欢。

大家还是不断地举杯、碰杯，大口地喝酒、大块地吃肉、大声地笑，但苏文娟怎么也融不进他们的欢乐中。勉强喝了三四杯酒，她已不胜酒力，脑袋麻麻地胀痛。子翔很开心地与朋友嬉笑着，与芊芊调侃着，并不时地侧过脸，搛一块鱼或肉什么的放在文娟的碟子里。他也许没有注意到，她的碟子里已经堆了不少的菜，但她其实并没有什么胃口。这时，芊芊举起杯，又是嗲嗲地说："其他人我都敬过了，我还没敬过文娟姐呢。来，我们干一杯！"语气中有三分俏皮，七分娇情。

尽管这一刻苏文娟的心口已经憋得挺难受了，但她还是勉强站起来，大度地喝下了那一小杯红葡萄。立时，"好，好"的附和声在耳边响起，但苏文娟已听得比较含糊了。刚坐定不久，她只觉得心口一阵抽紧，急忙走出房间，跑进前面不远的洗手间，对着洗水槽"哇"的一声全吐了出来。把一肚子的酒气和恭维话统统吐在了水槽里，然后拧开了自来水笼头。

不一会儿，姚芊芊也进来了。她先洗了手，然后从小皮包里拿出粉饼、口红什么的，对着镜子补妆。看到文娟吐了，她不无惊讶地说："你真不会喝呀？那种红葡萄酒酒精度只有十二度，你怎么会……不过歇会儿就没事了。"她的声音不再那么娇滴滴的，而显得十分干巴。当然，那种隔靴抓痒的安慰苏文娟根本也不会受用。她只是轻轻地用湿巾擦着嘴角，然后缓缓地抬起了头。镜子中映出了两张女人的脸，她的和姚芊芊的。她的脸上苍白晦涩，芊芊的脸上光滑细嫩；芊芊的尖下巴带来俏皮，文娟的圆下巴厚重。十年，难道一个女孩过了十年就会失去那么多东西？还是把一个三十多岁的女人和一个二十多岁的女孩相比根本就是不公平的？

她们一前一后回到房间，又一左一右地在子翔的身边坐下。一个更加苍白憔悴，一个愈发妩媚动人。

"你没事吧？"子翔对着文娟低声问，目光充满了关切。文娟轻轻地摇了摇头。似乎并没有太多人注意她的感受与表情，大家各自还沉醉在自己的话题里，海阔天空，无边无际。子翔已经喝了不少的酒，他昏昏沉沉地站起来，含含糊糊把酒喝下去，又歪歪斜斜地坐下来。也不知道过了多少时间，吃了多少菜，才见水果上来。文娟吃了两片西瓜，才觉得舒服一些。

吃完饭，文娟本以为大家各自可以散去了，不想又有人提议去"动感地带"跳舞。苏文娟正想推脱，立刻便又有人反对："这怎么行，苏小姐，第一次在一起，不要扫了大家的兴致嘛。"文娟无奈地抬眼去看子翔，发现他的眼光中也有让她留下来的意思，于是只好跟着他们上了车。

舞池里挤满了扭动的人群，每个人都似乎要把他们每个毛孔里的热情尽情地释放出来。女人们的裙子飞着大大小小的圆圈，好像是一个人对于平凡的生活模子的挣扎，要挣扎出那个圈子，但还是离不开那个圆圈。

他们刚一坐定，就听到耳边乐队像被千军万马追逐似的，急鼓响锣地敲打了一阵。接下来，是一首非常柔曼的乐曲，文娟记起来了，它的名字叫《一帘幽梦》，是她和子翔曾经都很熟悉而且喜欢的旋律。乐曲刚一响起，姚芊芊就跑过来，任性地一把拉起子翔的手，把他拽到了舞池中央。

舞池的灯光忽明忽暗。姚芊芊和程子翔在人群的外围飞舞着。他们靠得很近。芊芊很有韵律地用臀部和两条手臂向相反的方向扭动，额上披着一绺短发，脸上因为兴奋和炽热发出红光，圆瞳子里装着光彩四射的笑，嘴唇好看地张着，灯光下闪着一排细致的白牙。子翔笑着，温柔地配合着。文娟只觉得芊芊在扭，子翔在笑，一群人在得意地谈笑着。这一刻，她感觉子翔真的离她很远，一群人都离她很远。她像圈外人一样地观看着别人的欢乐，而自己却裹在了深深的落寞里。本来，今晚她是来寻求快乐的，却不知不觉地已陷入了更深的无可逆转的悲哀和落寞中。当然，她也不知道她真正要的是什么样的快乐。她只觉得自己就像一个孤独的小岛，岛上尽是沙子，每个沙子都是寂寞。

这时，邻桌的一位穿格子衬衫的男士急急站起来，非常绅士地做了一个"请"的动作。

苏文娟淡淡地摇了摇头。

"不会?"男士有些倨傲地问,目光中充满了挑战性。

"不,是不想。"文娟的声音很低却很坚决。

一曲终了,子翔匆匆地向他们这边走来。他有些歉意地说:"下一曲,我们来跳。"文娟不置可否地低下了头。

很快,音乐又一次响起。老远,芊芊就给子翔打手势,示意他再来。但他没有太多地搭理她,坚持请文娟下舞池。文娟只是摇头,不肯站起来。这下子,是子翔显得有些窘迫了,他搓着手不知所措。文娟不忍看到他这样,连忙站起身,低声说:"子翔,我的头真的晕得厉害。我想先走了。"为了礼貌起见,她本想回过头一一向大家道别,但是发现大家都谈笑风生,陶醉在自己的世界里,根本就没有人在意她,于是,她有些失落地拎起包,走了出去。原本她是不肯子翔送出来的,但子翔还是执意送了出来。

站在歌舞厅的门口,文娟明显感觉空气清新了许多。一股山风从辽阔的幸福路吹来,吹开了她额前的一小缕短发。

"来的时候,我注意到这条街有一个很好听的名字,叫幸福路,只可惜它不是太长。"文娟十分感慨地说,嘴角挂着一丝苦笑。她回过头,幽幽地说:"你回去吧,还有很多人在等着你呢。"

"文娟,其实我只把芊芊当作我的小妹妹,大家都是生意场上的朋友,逢场作戏而已。"子翔急切地表白。

文娟镇定地说:"你误会了,子翔。什么也别说了。"是呀,她有什么权利去过问他的生活、影响他的生活,那是属于他自己的生活。

"文娟，夜深了，我让司机送你吧！"子翔的语气很恳切。

"不用了，我想一个人走走，吹吹风，一会儿我自己会打车回去。"文娟哀婉地说，然后她慢慢地机械地向前移着步子，脚步比来时似乎沉重了许多。她可以感觉得到，子翔应该还站在那儿，愣愣地望着她，但她终究没有回头。

秋天的夜晚有一丝丝的凉意。也许是穿得不够多，也许是在噪音四起的酒店、舞厅里待得太久，也许是肚子里装了太多的酒气与伤痛，风乍一吹，她又感到了一阵恶心，心仿佛要翻江蹈海地从胸口奔涌出来。她快步冲到一个房子的屋檐下，抓着墙根，对着水沟又痛痛快快地吐了一场，把五脏六腑里所有的苦水、伤痛、委屈都一股脑儿地吐了出来，吐在了这秋夜凄清的月光里。

"小姐，需要帮助吗？"文娟回过头，看到的是一位清癯颀长的骑自行车的中年人，目光中饱含着关切。他停下来，一只脚踩在地上，另一只脚搭在自行车的踏板上。文娟无力地摇了摇头，将头沉沉地垂在臂弯里了，她甚至连说"谢谢"的力气好像都没有了。是的，她太需要帮助了，她也曾无数次真诚地帮助过别人，但这一刻却没有一个人能真正帮助她、拯救她。夜的黑暗从四面八方肆无忌惮地向她包围过来。

十五

一大早，门铃就响个不停。苏文娟打开门一看，门口挤着几颗小脑袋，都是大院里的孩子。"阿姨，我们想找亮亮玩。"文娟大声喊着亮亮。听到有小朋友来，亮亮欢快地跑了出来。一群孩子像放出笼的小鸟，立即叽叽喳喳地叫闹着下了楼。

亮亮走了，英姐又上街买东西，苏文娟一下子感觉家里空荡荡的。她百无聊赖地拿起昨天的晚报看了起来。

晗之正在卧室里睡觉，也不知道他是真睡觉还是已经醒了。发生那件事已过了半个多月了，晗之的态度也似乎转变了许多。近来他早回家的次数在不断增多，时常也在文娟的身边绕来绕去，客客气气地帮她做一些事情。有时也会咧开嘴像从前那样傻气地对着文娟笑，好像所有的芥蒂都可以在笑容里消融。可是，不知为什么，那份阴影却长久地留在了苏文娟的心底里，让她怎么也高兴不起来，笑不出来。她在家中像一尊石膏像，以固执的冷漠无言地对抗着。

这时，章晗之趿着拖鞋出来了。文娟听到脚步声，知道他走过来了，并没有抬头看他。

"起来很早啊？"晗之没话找话地跟她打着招呼。

"嗯。"文娟从鼻子里发出的声音连她自己都听得不太清晰。

"文娟！"晗之抬高了声调。

苏文娟的内心在斗争着，理智叫她回答丈夫的叫喊，天生的倔强却封闭了她的嘴。

"你听见我叫你没有？"章晗之盛怒地问。

"听见了！"苏文娟冷冷地回答。

怒火从章晗之心头升起来，他再也无法控制自己的怒气。"啪"的一声，他拍着茶几，茶几上的茶具都跳了起来。"苏文娟，你不要太过分了！你当我是什么呀，是石头还是木头呀？我已经受够了。人一生不可能不犯错误，况且……"

"那要看犯的是什么错误。"苏文娟斩钉截铁地打断了他的话。

一时间晗之竟感觉有些语塞，他强压住心中的怒气，低声说："但是，不管怎么样，你也不必这样对我，不必让心雯来向我兴师问罪呀。夫妻间的事，家庭内部的矛盾，再怎么样也不是什么大事，为什么要广而告之，让大家都来看我们的笑话！"

心雯找过晗之，苏文娟先前并不知道，但此刻晗之极不诚恳的态度却激怒了她，她愤愤地说："既然你都已经做了，难道还怕别人看笑话吗？"

晗之的眉头蹙成了一个大大的"川"字，脸色异常的难看。他竭力克制住自己的情绪，说："那你说怎么办？我已经多次向你道歉了，况且我现在也已基本上解决了她的问题。"他的语气明显软了下来，似乎在积极地寻求妥协。

苏文娟感觉自己的自尊心受到了更大的伤害，她厉声喝道："好一个'解决'！解决了她的问题就可以再回来解决我了，对吗？我从来没有见过你这么龌龊的男人！"

章晗之愣了愣，他瞪着她的脸，怒火燃烧着他的眼睛，他咬咬牙说："你的脾气别太坏，说话多想一下。我龌龊，你十分高尚，十分纯洁，十七八岁就懂得去勾引男人，去男人那里投怀送抱！你高尚得很，纯洁得很哪！"

"晗之！"文娟大叫，从沙发上站了起来，她的嘴唇颤抖着，想说话，却一句话都说不出来，只是浑身抖颤，她努力想说话，却只能喘息。

她的脸由红转白，又由白转红，章晗之被吓住了，他连忙摆摆手，咬着嘴唇说："好了，好了，不说了，你坐下休息会儿吧，算我没说这几句话！"

苏文娟无力地摇了摇头，手捂着头，艰难地从齿缝里挤出一句话："这日子真的没法过下去了！"言语间，眼泪无可收拾地迸了出来。章晗之不敢再说什么，逃也似的拐进房间里，很久都没有出来。

这个晚上，晗之睡在了客厅里。第二天一大早，他就走了。文娟醒来时，发现了他留在梳妆台上的一张便笺：

文娟：

　　真的对不起啊。昨天慌不择言，说了那些很伤感情的话，事后我非常地后悔。躺在沙发上，我一夜无眠。结婚十年，这是我们第一次真正地分开了，感觉彼此的心相隔如此遥远。我知道，这一切责任全在我，现在我不敢乞求你的原谅，只愿上天能给我更多的时间，让我在今后的岁月中慢慢地补偿你。不要对我判死刑，给我机会，让我好好改正，行吗？不要再恨我了，让自己更快乐一点，好吗？

苏文娟抱着有些胀痛的脑袋，慢慢走出卧室，走到了客厅。英姐正在打扫卫生。她一边端起满是烟蒂的烟灰缸准备去倒，一边摇着头自言自语地念叨着："一个晚上抽了这么多的烟，这有多伤身体呀！"

看来，这个晚上章晗之确实是挺难过的。可以想象得到，他是经历了一个多么痛苦而又漫长的思索过程。文娟无力地垂下手臂，艰难地摇了摇头。她无法解释目前的处境究竟是为什么。明明是生活中最最亲近的人，为何却要这样相互折磨、相互伤害？

一连又过了好几天，苏文娟的心情还是没有好起来，她越来越感到了自己心中无法承担的负荷。恰好亮亮要到外地参加全省少儿小提琴大赛，英姐陪着去，所以她干脆就搬到母亲家小住几日。

回到自己少女时代曾经住过的这个不足十平方米的小房间，她恍然有了一种如在梦中的感觉。结婚十年，她也时常与晗之，或者亮亮回到这里，匆匆来匆匆去。而这一次是自己独自一人归来，感觉真的完全不同。房间还是以前的那种陈设。靠窗依然摆着那张宽大的杉木床，印着黄绿相间的小花瓣的床单，床架上仍旧钳着那只弯颈子的台灯。少女时代许多激情飞扬的诗句和信件就是在那台灯下趴着枕头写就的。

她抢上一步，来到床边的小书桌前。书桌上的玻璃板，板下压着的一张高三下期的课程表，课程表边上有两张细长的纸条，上面写着："好鸟枝头亦朋友，落花水面成文章""海阔天高气象，风光月霁襟怀"，这是她亲手抄写的句子，都是她中学时最喜欢的诗句。纸条边上是一张有些微微泛黄的照片，那是一张风景照。她急切地抬起玻璃板，伸手把它取出来，仔细地端详起来。这是子翔当年的杰作，是用那种不太好的老式照相机拍的。青翠的山冈、星星点点的野花，远处迷蒙的松柏和樟树也朦胧得可爱。照片的背面是子翔龙飞凤舞的五个字"普贤的夏天"。子翔说，他的家就在那座山冈之下，恬静得如同梦中的仙境。因而，苏文娟的心里就充满了十二万分的向往，好几次梦中都与它不期而遇了。而今，再看到它，已经是十六年之后的今天了。她不禁长长地叹了一口气。

倚窗而立，可以望见后院的小花园，花木扶疏的。一块小草地，沿着低矮的屋檐，排着许多盆玫瑰、杜鹃、百合、桂花、玉簪花、茶花、秋海棠以及一些一时叫不出名字的花。开得最旺的当数玉簪花，它们条形的叶片，在老屋的匡护下，显出墨绿色的苗壮。花墙上攀满了绿色的爬山虎，满眼尽是盈盈的绿意。它驱赶了初冬的萧瑟与寒意。

父亲退休后，种花养鱼成了他的一大爱好。这时他正衔着一支烟，在廊前侍弄着那些花。夕阳照着他的脸，使他的脸看起来显得特别的柔和慈祥，嘴角牵着不能自禁的欣赏的笑容。文娟不由得感到一种心动，她趿着双拖鞋，快步走到花园里，挨近父亲说："爸，在浇水呢！三角梅开得真好，秋海棠也是。"

父亲笑呵呵地说："这个季节还不大对呢。如果到春天，这里更是热闹非凡了。杜鹃花、茶花，红白一片，格外艳丽，蔷薇、桃花也不逊色，吊灯花、栀子花更是芳香四溢。还有那两盆茑萝，我还记得那是你读高中时从学校里弄回来的种子……"听到这儿，苏文娟的心弦似乎又被拨动了，她仿佛又看到了那个穿着白衬衫、黑裙子的瘦小的女孩，正伫立在校园花圃前捕捉着梦想。她的眼眶湿润了，迅速地抬了一下头，微笑着说：

"爸，难得你有这样的心境。与花为友，真的很好。"

不一会儿，母亲就在里屋招呼他们："饭做好了，你们爷俩快点进来吃吧。"

晚上的菜是母亲花了功夫做的。有爆炒牛肉、海蛭抱蛋、红烧鱼等，都是文娟小时候爱吃的菜。文娟像小时候一样，嘴馋地尝尝这个，又试试那个。

过了一会儿，母亲若有所思地说："娟儿，本来你已经长大了，自己也是母亲了，妈也不愿意多说你什么。但是我左思右想，有些话妈还是得告诉你。毕竟我们经历的东西要比你多得多。夫妻本来就是一对冤家，有些事真的没有办法，吵过了闹过了，这日子还得过下去。我和你爸不是也这样过了一辈子吗？有时候受了委屈，还得自己想办法化解，不能拖得太久了，太久了就真的伤了感情，这样一来对谁都不好。现在社会，什么样的人都有，有的年轻人根本就是把婚姻当儿戏，聚聚散散，跟开玩笑似的。我们这样的家庭，断不可能出这种事的。"

她在说的时候，文娟早已停下筷子不吃了。她不知道到底英姐向母亲告密了多少，尽管她可能也是出于好心，但是这会儿听母亲说这话，心里真的挺不舒坦的。她用手把两只筷子放在桌上摆拨，一下将它们交叉起来，一下又将它们远远分开，一下将它们平行，一下又将它们垂直，而从不将它们联结在一起。这就是两代之间的悲哀了。

父亲看到了女儿脸上低落的情绪，连忙用胳膊肘碰碰老伴，示意她不要再说了。"吃饭，吃饭，多吃点菜。"但是，文娟好像已经没有什么心思再好好吃下去了，那些菜对于她来说好像也变得索然无味了。她潦草地吃完饭，回到房间里看了一会儿书，就到浴室洗澡去了。

这几年家里的条件改善了不少。洗澡房安装了新式的富有立体感的玻璃浴室，既保暖，水又不会轻易溅出来弄湿地面。浴室边上的墙上也挖了一个大玻璃窗，窗外是邻家的侧面，晒着大大小小的衣裤。隔着窗，传来隔壁的洗牌声，夹杂着女人的笑，男人的调侃，真正地回到少女时代的感觉，到这时才更猛烈起来。忽然很想问问母亲，隔壁住的是否还是十年前的江家。

洗完澡，她回到自己房间又看了一会儿书，然后迷迷糊糊中竟歪着脑袋睡着了。不知过了多少时间，朦胧中觉得母亲为她披上一条毯子，把蚊帐放下，四周塞好，又弯腰将她那个开着大口的旅行袋拉好，放在书桌下面，然后轻轻走到她床前，对她望了半晌，又叹了一口气，才轻轻地走了出去。苏文娟的心像被一只手轻轻地揉着，舒服而难过。多少年了，都是自己照顾自己，一旦被母亲这样侍候着，似陌生又熟悉，仿佛又回到了从前。

待母亲走了，她坐了起来，在黑暗中张大了一双圆圆的大眼睛，在想着吃饭时母亲说过的话，以及她那一声长长的沉重的叹息。她知道，母亲生性好强，也有着许许多多女人都有的虚荣心。

她一生平平淡淡，没有什么大的作为，因而特别希望孩子能比她自己有出息。两个女儿事业发展得不错，又都嫁了很体面的丈夫，这足够让她引以为豪，也让她在邻里街坊间赚足了风光。尤其是晗之，年轻有为，知书达理，又是她一手为文娟钦点的准女婿，因而更有成就感了。总觉得女儿嫁了这样的丈夫，应该是衣食无忧、终身幸福了。记得文娟刚刚结婚那阵子，每每有人向她道喜的时候，她就感慨不已，想到当初为了挽救女儿的幸福，极力拆散她和子翔，为此而付出的一番苦心和努力，今天这一声"恭喜"真可谓欣慰之至也。而今，晗之出了这档子事，这是她做梦都没有想到的，也使她对自己几十年来的人生信条产生了怀疑，因而对晗之是既怨又恨，但更怕苏文娟一时冲动，产生离婚的念头，做出让她这一生都接受不了的事情，害了孩子，也误了自己与晗之的前程。这些想法使她寝食难安。

其实，文娟是很理解母亲的担忧的，而作为她自己，又何尝想轻易去伤害晗之，伤害自己苦苦经营了十年的这个家呢？

家、晗之，不知为什么，这时候，文娟竟莫名其妙地又想到了他们。此刻，晗之是不是已经回家了呢？早晨出门的时候忘了反锁，如果晗之一夜或者更长时间没有回家，小偷会不会光顾那里？早晨出来的时候她还一副大义凛然、义无反顾的气度，而这一刻竟然又有些动摇了，甚至萌生了想摸黑回去看一看的念头。人哪，真是如此复杂的动物！

不过，她想得更多的还是从前。待在这间少女时代住过的小屋，那些细碎的往事，以及几年来苦苦忘却了的与子翔的一点一滴，四面八方从房间的四角流到她眼前。她禁不住从枕头底下又取出那张照片，再一次细细地品味起来。记得当年也是这样一个寂静的深夜，一样的月光，她低头欣赏着这张照片，憧憬着他和她的未来。恍惚间，十六年过去了，一切都已物是人非。这一刻，她的心中竟有一种激情，想对全世界大喊一声：还我少年，还我少年！不知道，子翔是不是也有这样的感慨呢？猛的，她有了一种冲动，想给子翔挂电话。现在？对，就在此刻。

"子翔，我现在在我妈家里。"文娟低声说。

"是吗？"子翔有些诧异。

"知道我又看到了什么吗？普贤的夏天。"文娟孩子一样认真地说。

"那张照片还在？"子翔抑不住语气中的惊喜。

"子翔，虽然又近初冬，但我还是想去看看普贤的夏天的背影，我知道，那一定很美。你愿意陪我去一趟普贤吗？明天是星期六，我没有什么事。"文娟柔和的声音中微微有些发颤。

子翔略加思索后说："明天我要去一趟南京，有一些公务要处理。"

还没等子翔再说，文娟连忙接口说："子翔，不要太为难了。那我们另外再找时间吧。"话虽这么说，内心还是很遗憾的。

"也好。"子翔斟酌着说。

放下电话，文娟抱着双膝，皱着眉，呆呆地坐了一会儿。很快，她的手机又振动了，是子翔的电话。"文娟，我考虑再三，决定改变行程，明天陪你去普贤！"子翔的声音急切而真挚，掷地有声，字字句句都叩击着苏文娟的心。"明天早上我们七点半出发怎样？我在你妈家的巷口等你。"

"哎。"苏文娟听话地答应着，"晚安！"文娟柔声说。

"晚安！"子翔说。

放下手机，苏文娟轻轻下了床，撩开了窗帘的一角。晚风穿过树梢，奏着和谐的乐音，象支美好的歌。深邃的夜空中，一轮明月高悬空中，恬静柔和，仿佛正对着苏文娟点头微笑。这样的夜晚，该是寻梦的好时间吧！她久久地望着夜空望着明月，不觉得也甜蜜地笑了。

十六

  一早,子翔的灰色宝马车就停在巷口。文娟从母亲家出来,老远就瞅见了。走近了,他伸出头,温柔地跟她说早上好,然后又细细地打量了一下她,目光在她的脚上做了片刻停留,笑着说:"可能要爬一段山路。"文娟这才留意到,他今天穿了一件套头的蓝T恤、牛仔裤,很清爽的休闲扮相,与平日的穿戴迥然不同。

  "那我还是回去换一双……"文娟连忙说。还没等她说完,子翔便体贴地说:"我已经准备好了,三十七码的,放在后箱呢。"这么多年了,他竟然还记得这些。文娟没有再说什么,只是感激地望了望他,然后将拎包搁在后座上,自己则坐在了子翔旁边的位子上。

  虽然是星期六,但街上并没有像平日那样嘈杂繁华。也可能是因为他们出城比较早的缘故吧。

子翔一边握着方向盘，一边轻松地调侃说："这座城市真的是变化太大了。刚刚在你妈家附近转悠了好一会儿，才找到那个巷口。幸好对面那家五金店还在老地方，它对于我来说，真可谓是有里程碑意义的标志性建筑了。"文娟抿着嘴笑了。

车子在洒满阳光的大道上奔驰着。子翔轻轻摁动了音箱的按钮。立时，景岗山那缠绵多情的歌声便紧紧包围了他们：

你温柔的甜美

好像鸟儿天上飞

只因为

我和你相拥相依偎

你的眼

我的泪

就算痛苦也珍贵

只因为

是你在我身边伴随

我说我的眼里只有你

只有你让我无法忘记

度过每一个黑夜和每一个白天

在你身边守护着你

我说我的眼里只有你

你是我生命中的奇迹

但愿我们能感动天　我们能感动地

让我们生死在一起　永不分离

这首《我的眼里只有你》曾经是苏文娟最喜欢的一首歌曲，子翔也知道。这一刻听着这首歌，文娟觉得自己的脸在发热，由微微的发热变得滚烫了。猛地一抬头，发现子翔正用眼角的余光在看她，于是挺不好意思地问："还有其他的碟片吗？"

子翔朝下面努努嘴说："底下还有很多，有卡·朋特，也有约翰·丹尼佛的。对了，有那首'乡村小路'……"

当熟悉的《乡村小路带我回家》的旋律又一次在苏文娟的耳边、在她的生命中响起，那些如烟往事又浮上心头。她很自然地想起了第一次与子翔去普贤的情景。那时候，还是坐着那种庞大陈旧的大客车。车子在凹凸不平的土路上颠簸摇晃，文娟觉得全身骨头都快被抖散了，整个脑子被抖得不能思索。窗外，是和煦的阳光，阳光下金黄的稻田，连亘的甘蔗林。正是收获的季节，随处可见独立的牛，光着腿戴着斗笠的农夫，包着头巾的农妇。子翔宽大的帆布书包里装着书、面包和凉开水。她累了或犯困的时候，子翔总要让她喝点水，稍稍减轻旅途的劳顿与艰辛……如今十七年过去了，尽管线路不变，但已是时过境迁。凹凸不平的土路早就铺上了平整的水泥，而自己已坐在舒适豪华的小轿车里。

"文娟，在想什么呢？"子翔关切地问。

"现在再听这首乡村歌谣，感觉真的不一样。你听，'生活比树古老，比山年轻，像轻风似的成长'，说得多好啊。真可谓如风的岁月，如梦的人生！"文娟轻轻呢喃着。

子翔会意地一笑，动情地说："只有和你在一起，我才找到了这种如风如梦的感觉。"很快，他便感觉到自己说话过于直白了，于是赶忙转换了话题，"要不要喝点水？后面座位上就有。"

"不渴。"文娟只淡淡地说。

他又用右手轻轻拍了拍她的手，皱着眉问："手怎么这么凉？"

"没事。"文娟轻声答道。

"先去普贤寺，怎么样？"子翔在征求她的意见。

她点了点头，没有反对。

车子又在盘山公路上绕了许多个弯，终于在山门前停住了。有轿夫在那儿招揽客人。看到有人来，就有三两个勤快点的轿夫上来，堆着笑问："小姐，坐轿子吗？要走八百多个台阶，辛苦着呢！"

他们没有太多搭理，而是一步步拾级而上。尽管三个多月前，刚刚与若桐他们来过这里，但这一次重游感觉还是很不一样，因为是她和子翔一起来的。

来到寺庙，子翔焦急地拉着文娟的手直奔大殿，去找寺内的主持。他说，那是他的老朋友了。七年前，当他重返故乡的时候，他曾赠予子翔八个字"随处作主，立处皆真"，并授之以禅意，让他受益匪浅。子翔说，这几年来，他谨记他的教诲，在自己的能力范围内，全心全意、毫不马虎地做事，才有了今天的局面。

老人的耳朵显然是不好使，尽管子翔的嘴就对着他的耳朵，他好像仍然听得不太清楚。他皱着眉，似乎在记忆中艰难地长久地搜索着。半晌，他终于咧开嘴，露出了空洞的、被咀嚼磨黑了的两排牙床，笑着说："记得，记得。"

普贤寺依然香火鼎盛。他领着他们绕着寺内转了一圈。但实际上并没有走完。有的地方因为几天前的台风而坍塌了，碎石和瓦砾散落了一地，还没有彻底清理掉，所以根本就走不过去。子翔有些感慨地说："普贤寺老了，也真该好好地修一修了。"本来寺内的主持要留他们在寺内吃斋饭的，但被他们婉言推辞了。他们有更重要的事要做。

车子继续在郁郁葱葱的山村中逶迤前行。道路不那么平坦了，是那种不太宽大的山间道路，不时有尘土飞扬。路边上的草又长又密，使小路愈发幽邃起来。随处可以看到深肩的院落，低矮的花篱。经历了一段不太漫长的颠簸，车子终于在路边停住了。子翔说："到了!"然后，他先下了车，文娟也迫不及待地紧跟其上。

眼前是一片开阔美丽的风景。山不高，却青翠得可爱。而回过头就是一片绿油油的原野。"是在这儿拍的吗？"文娟瞪着那双大眼睛，天真地问。

"不，是在我家的后院里。一会儿倒回去一段路，就到我家了。"子翔说。然后，他又打开后箱，取出鞋子让她换上，又从车上拿了两瓶矿泉水抓在手里。他们沿着蜿蜒的山路缓缓前行，一起追逐那青春年少的足印。

也许在一般人的眼中，这只是一座很普通很普通的山，但它却承载了苏文娟太多青春的梦想与希冀。她曾经长久地痴痴地望着那张照片发呆，想象着那样一幅情景：一间草屋、三杯清茶，两个相爱的人，窗外有梅花弄香、竹影疏动，膝下有天真浪漫的孩子，他们倚山而居，这是一种多么美好的令人向往的田园生活呀！

山冈上，葳蕤的绿草、芊绵的青藤，在古松苍蓝的阴影中透出了活泼。因为已近深冬，山上只有一些星星点点的野花。子翔说："到了春天，这里的景致其实是很美的，满山遍野的映山红，还有许多叫不出名字的野花。"

空气中弥漫着一种清新的青草香味和淡淡的泥土的芬芳。有一种淡紫色的草一簇簇、一丛丛，像雾霭似的朦胧得可爱。仿佛有一层亮光随时都会从草丛间溢出，随着轻拂的微风起伏跳动着，充满了新鲜，充满了活力，充满了生机。文娟俯下身，低着头，细细地端详着它，好奇地问："子翔，这草叫什么名字？"

"这是一种多年生草本植物，茎叶多刺，可作药。本来是春天才出芽，可是你看它们却性急得很。它们的学名叫蓟草，但很多人都叫它'星星草'。"

"星星草？这世间真有一种草叫星星草？"苏文娟喜不自禁。当初写《星星草》时，只是偶然一闪念，用了这个名字。如今真的就有这么一种草，而且就在子翔的故乡，在普贤的山冈上，冥冥之中这是不是就是一种命运的安排呢？

在山上驻足流连了一个多小时，俩人才余兴未尽地下了山。在山脚下的小食店里，子翔向店老板买了一只杀好的土鸡和一些面，店老板爽快地附赠了一些香菇、葱。子翔乐呵呵地说："走啰，鲜炒鸡丁面是我的拿手好菜，一会儿做给你吃！"

子翔的老家就掩映在一片浓密的枇杷树后面。凝滞而带着古意的平房，有厚重的瓦檐，厚重的窗棂。院子很大，也干净，但因为没有人住，院子里芳草萋萋，有几分荒凉。几盆并列排着的玫瑰花只剩下瘦骨嶙峋的枝干。一棵老梨树孤独地站在角落，皲裂了无数褶皱，那里面应该有风霜也有时光。

"弟弟出国后，父母就随我们去了国外。偶尔也交代一个远房亲戚来打扫打扫，但毕竟没有人气，不行。"子翔恹恹地说。随后他便带着文娟参观他们的房间。"这是我父母的房间、我弟弟的，我的在那边。"说着，他又回头对文娟说："你先随便坐坐，我去烧水。"

忙活了好一阵子，鸡汤面端上来了。还没到跟前，一股香气已窜过来。然后看见鲜亮的葱花、鸡丝、香菇丁洒在细条的面上，面条浸在浓而不腻的鸡汤里。文娟深深地吸了一口气，说："真香！"

"眼馋了吧，尝尝！"子翔像哄小孩一样，笑吟吟地说。

文娟才喝了一口汤，就觉得鲜美无比，她连连吃了好几口，才说："唔，好鲜，你也来吃。"然后又微仰着头笑着说："看不出来，你还会做许多女人的活。"

子翔颇为得意地说："没看出来吧，是不是后悔了？"后面的一句话把文娟的脸都说红了。顿了顿，他又挺认真地说："其实，我还会带孩子。我们有一个可爱的男孩。分手前，我对她说，什么都可以带走，只求她把孩子留下来。"文娟明白，他说的"她"是指前妻。

她痴痴地问："她好不好看？"

天底下的女人，随便她怎么与众不同，但却很难逃出这个相同之点。

子翔思忖了一会儿，含蓄地说："年轻时，或许会更看重一个人的容貌，但是随着年岁渐长，一个人想要的也许已远不止这些。能不能找到自己的知心爱人，这才是最关键的。"他的目光显得异样的深沉。

文娟只"哦"的一声，似懂非懂地点了点头。

吃完了面，文娟执意要去收拾碗筷，子翔不肯，她只得自我打趣道："客随主便了！"见子翔进了厨房，她觉得闲着无聊，带着几分好奇，轻轻地走到了子翔的房间。

房间不大，一张书桌、一个书橱、一张床、两把凳子，已占据了三分之二的空间。床头柜上还整整齐齐地摆放着几本可能是子翔爱看的书。文娟一眼就瞥见了桌上玻璃砖上的一面小小的镜框。镜框里镶着子翔年轻时的一张照片。照片中的他戴着一顶鸭舌帽,帽檐下是一张年轻俏皮而又生动的脸庞,整个人看起来清瘦但却精神焕发,他身上穿着的绿T恤正是十七年前在列车上穿的那一件。这很偶然的一种巧合就足够让文娟感动莫名,浮想联翩。她轻轻地用手指拂去照片上的尘埃,仿佛也要把十七年的光阴轻轻拂去。

不知道什么时候,子翔已站在她的身后。文娟的每一个小小的细微的动作他都看在眼里。他知道,她依然爱他。在文娟欣赏他照片的同时,他就那样长久地欣赏着她。这是他一生心仪的女人。午后的阳光透过窗棂,温柔地照耀在她身上,她穿着套头的白色毛衣,看起来显得特别纯洁可爱,而因为爱他而显得尤为可爱。他忽然有了一种冲动,想把她紧紧地拥入怀中。

他急切地从她身后一把抱住了她,手臂从她的腰际间环绕而过,脸深深地埋在了她乌黑的长发与白皙的脖颈间。这是他二十三岁时的梦境。他爱她,真的爱她。多少次在异乡孤独的街灯下,在彻夜难眠的深夜里,思念常像毒蛇一样深深地噬痛他的心灵. 而今,她离他这样近,就在他的怀抱里。他难抑内心的想望与激情,他想她,他要她。

文娟仿佛被一团火包围着,燃烧着,她感到从脚底升起的穿透全身的战栗。这是十七年来令她魂牵梦萦的男人。她曾无数次梦想着有一天能跨山越海去看他,他的快乐与忧伤也曾经那么深刻地牵动着她。而此刻,他就这样紧紧地抱住她,他灼热的呼吸渗透着她,她甚至可以感受到他细致而焦灼的心跳。她只要一回头,就能捉住他。

他固执地扳过她的身子,他的嘴唇焦急地在找寻她的,眼里有火花在迸射,闪烁而明亮。她感到一阵晕眩、一阵迷乱、一阵心慌,心脏不规则地乱跳起来。然后,是一阵轻飘飘的虚无。她觉得自己几近被融化,融化成月光下一汪浅浅的清泉。但是,就在这转瞬即逝的一刹那,一种闪念如夜空中的流星划过脑际,她猛地打了一个寒噤。无疑,子翔仍然是一个散发着成熟魅力的男人,但他已不再是多年前那个忧郁可爱的远方的大哥哥了,他已经不属于她了。她也想到了晗之、亮亮、姚芊芊,还有许许多多与她有关无关的人。她不能,也不该。于是,她猛地推开子翔的身体,低声但是坚决地说:"不!"她眼里的"不"字比她嘴里的还要坚决。

像是被高压电流击中一样,子翔呆呆地愣住了,目光中充满了怀疑和不信任:"为什么?"他是在问文娟,却更像是问自己,脸色苍白得难看。

文娟急遽地转过身,飞快地冲到了院子中,让凉凉的风使自己的情绪冷却下来。好一会儿,子翔才出来。他在文娟身后站了很久,然后怜惜地说:"文娟,进去吧,山风挺凉的!"血色仍然没有回到他苍白的脸颊上,文娟只是低着头,一动不动。

过了半晌，子翔迟疑了一会儿，回到房间拿了一件衣服出来，轻轻地披在了苏文娟的身上。衣服是那种已经过时的运动衣，蓝底白条，一看便知是子翔学生时代的衣服。文娟伸手用它紧紧地紧紧地裹住了自己的身体。她真的感到了寒冷。

子翔又一次低声说："山上风大，我们还是回去吧！"

回到车上，子翔启动了发动机的引擎，却没有马上走。他注视着苏文娟，仔细地，一分一厘地注视，目光中充满了千般的柔情、万种的无奈。她轻灵秀气的脸庞，她美丽绽开的嘴唇，曾经对于他来说是那样的熟悉，而现在却遥不可及，这一切恍若隔世！是什么改变了这一切？他猛地感到了一阵心痛，甚至眼角溢出了点点的泪花。他感伤而落寞的表情也让苏文娟异常的难过。明明是相爱的人，为什么却不能在一起，这难道就是上天的安排吗？那一刻，苏文娟甚至想，如果此时子翔再一次让她留下来，也许她真的就这样不走了。

雨，细细密密地下起来。早上还是好好的天气，这会儿竟下起了雨，这南方潮湿而多变的天气，多像恋人敏感而多愁的心！一路上，子翔都不说话。文娟也是，而代之以一曲又一曲缠绵悱恻的老歌。从龙飘飘的《成长》到费翔的《只有分离》，从齐秦的《外面的世界》到千百惠的《当我想你的时候》，每首歌似乎都是在轻轻诉说他们远逝了的爱情故事，而每一首歌又都唱得他们百折千回，柔肠百结。好几次，文娟都轻轻揩去了眼角的泪花，然后将脸背过去望向窗外，为的是不让子翔看到。

　　车子在文娟妈妈家的巷口停住了。子翔久久地凝望着文娟，缓缓地一字一句地说："文娟，对不起啊！"这一句"对不起"叫得苏文娟心里一阵抽紧，"如果我真的做了什么对不起你的事，那也是因为爱你。希望你能原谅我。"他的声音低沉而清晰，柔和而酸楚。

　　苏文娟没有再说什么，她缓缓地下了车，缓缓地朝前走。雨水模糊了她的视线，泪水模糊了她的视线，她只觉得世界在她眼前成了迷迷蒙蒙的混沌一片。

十七

从普贤回来之后,苏文娟的心情再也没有恢复过平静。内心深处,像有一道潜伏的激流,正在体内缓缓地宣泄开来。子翔,就像一道旋风,裹挟着她青春岁月的许多梦想和挥之不去的回忆,在她的心海里卷起了万顷碧波,使她一刻也不能停止怀念。好几次她从梦中惊醒,惶然回顾,才发现四周寂寂无声,只有形单影只的自己,还有那凄清的月光陪伴着她。

每当苏文娟在夜半醒来,捻亮房间的电灯,母亲总是极不放心地披衣起床,带着苍老的咳嗽走过来,关切地问:

"娟儿,是不是棉被太薄了,要不要加一床?"

"是不是晗之的事又让你烦心了?不要多想了。"然后又是长长的一声叹息。这声叹息让文娟很不安心,使她的心头悬着一种深深的负罪感。于是,她连忙说:"妈,我没事。您去睡吧。我只是好久没回来住了,有点认床。其他的事,我真的不想。"然后,就像孩子一样地躺下来,笑着说:"好了,我现在躺下来了,您关灯吧,把门带上。"

黑暗中,苏文娟瞪大了一双亮晶晶的眼睛。世界睡着了的时候,她的思维却张开了翅膀,在无限的时空里痛苦地翱游着。

三天后,亮亮结束了小提琴比赛回来了。文娟告辞了父母,回到了自己的家。来去匆匆,依然是那包简简单单的旅行袋,只是多了那一张分量不轻的《普贤的夏天》。

见到了妈妈,亮亮显得兴高采烈的,又是蹦又是跳,还喋喋不休地说了一通比赛的场景及小朋友之间的趣事。英姐张罗了一桌丰盛的菜肴,有鱼、有肉、有虾,小家伙胃口不错,觉得哪一碗都好吃。他一边吃着,一边笑嘻嘻地说:"嗯,还是阿姨做的菜最好吃。"直乐得英姐高兴得合不拢嘴。

文娟微微抬起头问英姐:"晗之今天来过电话吗?"

"来过两次电话了!问你回来了没有,我让他挂你的手机。"英姐忙说。

"哦。"文娟只淡淡地应了一句。其实,晗之一直没有给她挂过电话,或许他还缺少足够的勇气吧。

子翔也一直没再给她挂过电话,这让文娟感觉特别的失落。其实,文娟心里一直在等他的电话,哪怕是一条短短的短信,告诉她他很好,这就足够了。文娟也非常非常想告诉他,她的本意并不想伤害他，即使无意地伤害他了，也请他原谅她。但是，他一直没挂。

这时大厅的电话铃声响了。不会是子翔的吧？苏文娟这样想着，但很快又推翻了自己的猜测，子翔不知道她家的电话号码，怎么可能直接挂电话过来？但不管怎样，她还是飞快地跑过去，接起了电话。

电话那头是晗之浑厚的男中音，语调显得特别的客气、柔和，带着几分惊喜："娟，你回来了？你，还好吧？"

"还好。"文娟咬着嘴唇，轻轻应了一声。

"亮亮回来了吧？"

"嗯。"文娟没有多余的一句话。

"我……我们……我过两天办完事就回去了。"晗之的声音显得有些窘迫。

文娟一时竟不知说什么好。夫妻之间一旦多了一层隔阂与距离，有时甚至比不上一对多年不见的老朋友来得随便。她也顾不得晗之想再说什么了，连忙调开听筒，大声喊道："亮亮，来，你爸的电话，来接！"

亮亮又是蹦着跳着跑了过来。父子俩似乎谈得挺开心，好几次亮亮都哈哈大笑一场。苏文娟只是低着头，默默地扒拉着饭。如果晗之知道她一直等着的是另外一个男人的电话，不知道他会做何感想。想到这儿，她的内心掠过了一丝不安。她不知道晗之在与别的女人打情骂俏的时候，是否也曾有过和她一样的不安。

子翔已经好几天没有消息了。好几次苏文娟都想主动挂电话过去，但是刚按了两个键，又轻轻地放了下去。这座城市并不大，但他们真的好像已经隔着一生一世的距离。

直到一周以后，文娟的手机才收到了子翔的一个短信。是这样写的：

文娟，从普贤回来，我想了很久很久。曾经以为，爱就意味着重新塑造，相互拥有。如果不能得到完整的爱，我宁可不要。这些天，我一直努力地压迫自己，想让自己彻底地忘掉你，但是我失败了，因为我根本就做不到。所以，我决定向命运妥协了，不敢再有任何过分的奢求。哪怕今生永远都只能做那个站在你远方的大哥哥，只要能时时见到你，看到你笑，看到你快乐，我就心满意足了。相信我，让我们握握手，重新开始好吗？

文娟的眼睛又一次湿润了，她感觉自己已被一种重新复苏的爱与关怀包围着，这种蚕丝般细韧的感情把她包得紧紧的，使她的心里有一种温暖如春的感觉。

两天后，他们见面了。一坐上车，子翔就向她伸去右手。文娟讶然地望着他："干吗？"

子翔坏坏地笑了笑说:"握手呢!要知道第二次握手有多难得。我以为你从此就不再理我了。"

文娟俏皮地撇撇嘴说:"我才不会那么傻呢!不要钱就捡个大哥哥。可以时时对着撒撒气,发发火,偶尔还可以蹭上一顿,那是多大的便宜呢!"

子翔也笑了,慢条斯理地说:"看来此话不假。今天晚上就可以让你蹭一顿了。说吧,去哪儿?"

文娟眨巴着眼睛,大声说:"那就去那家新开业的香格里拉大酒店吧!"说着,偷眼在观察子翔的表情。

子翔故意睁圆了一双大眼睛,夸张地说:"要求不菲呀!有点后悔了。"

车子在香格里拉大酒店的停车场停住了。文娟狡黠地说:"真到这儿呀?不过,现在后悔还来得及。"

子翔把身子微微往后一仰,假装无奈地说:"既来之,则安之。走吧,小姑娘!"

毕竟是新落成的五星级酒店。处处金碧辉煌,熠熠生辉。

文娟说:"我们到三楼大厅去。只到三楼就不坐电梯了。沿着旋转的楼梯走,感觉也很不错。"说着,她拉着子翔向上走,还一边走一边探头朝下看。扶梯右下方的红地毯上,一架崭新的白色钢琴,年轻的乐者正全神贯注地弹奏着舒曼的那首《梦幻曲》,如梦如幻,有一种余音绕梁的玄妙感觉。苏文娟那种半是天真半是神往的神情也使子翔恍如回到从前,依稀看到了十五年前那个可爱的小姑娘渐渐复活了。

大厅里也挤满了人。他们找到一处靠窗的位子坐下。子翔深有感触地说:"世界上的人真有意思。寂寞的人总是在寻找快乐,而快乐的人则在寻找更多的快乐,但有时什么是真正的快乐其实自己并不一定知道。直到有一天真正失去了,才发现那是最珍贵的。"

文娟若有所思地点了点头。

"文娟,对于我们的未来,我不再有什么太多的苛求。能够时时看到你,就是一种幸福,现在还能够和你坐在一起,再续一杯咖啡,在我看来,已是无上的幸福了!"

文娟动情地说:"不要再讨论这些沉重的话题了,说一点快乐的事吧。"子翔微微地点了点头。

那天晚上,他们就这样相对坐着,一边吃饭,一边聊天,聊了很久很久。子翔告诉文娟许多以前她并不知晓的事情。包括他平凡而并不富裕的家庭,含辛茹苦的父母,这些年在国外的打拼经历,还有童年掏鸟窝、射弹弓、捉萤火虫等那些趣事。那是他们重逢以来最开心的也是谈得最深入的一个夜晚。他们甚至还谈到了婚姻和爱情方面的话题。

文娟悄然问他:"子翔,想过什么时候再找一个知心爱人吗?"她不经意地把"知心"二字说得很轻。

子翔看了看她,浅浅地笑着说:"怎么,也开始关注我的终身大事了？说实在的，关心我的人确实不在少数。甚至还有人给我介绍了本地知名的女主播。"说着，他望了望文娟，又有些自嘲地说："但是，我深知，我想找的人根本就找不到。"

"那个姚芊芊呢？"文娟怯怯地问。

子翔笑了："你还记得她呀。那确实是一个聪明而讨巧的女孩，只是过于世故了。而世故是牺牲了可爱的天真才换来的。我之所以说找不到，就是因为现在的时代里这样的女孩实在是太多了。"

"为什么这样说呢？有梦想才有期待嘛。"文娟想了想，挺真诚地说。

子翔略微点了点头说："这话有一定道理。"但很快他有些困惑地说："但是，我向来对婚姻不抱太乐观的态度。我觉得，感情和婚姻，有时候可以说是毫无关联的。有时候，在恋爱的时候双方感情很好，那不是说结婚之后一定能够维持下去；有时候，双方感情并不怎么样就糊里糊涂地结了婚，婚后反而很合得来。不是我说令人丧气的话，不要对婚姻抱了过分天真的希望，而婚姻的美满也不是光靠感情的浓馥。"

文娟几乎是无声地微喟了一声："但是大多数人还是选择了婚姻。也许很多人是因为寂寞，也有人是为了找寻一份'家'的感觉。"

子翔微微叹了一口气说："中国人对一个'家'的需要比任何其他抓不到的'感情'都重要，这一点我相信。但是这种感情里的爱情成分究竟占了多少比例，自己并不一定知道。结婚了，不寂寞了，但真的就幸福了吗？"文娟听着，毫无把握地摇了摇头。

子翔又说，现在有很多人劝他结婚，无非是为了帮他兑现一个实际的婚姻，一个家，一个会照顾他的妻子，一个可以分享他的所有、他的时光的女人，一份安定的感情而已。他定了定神，坚定地说："如果仅仅是这样，我宁愿不结婚。也许将来，我会再找女人，但不一定结婚。"

苏文娟不再说话。她无意去说服子翔，也不知道怎样才能说服他。每个人的人生经历都不同，所以对于人生的态度自然也就不同，这就如同有一千个读者就有一千个哈姆雷特一样，永远就没有一个准确的答案。但是无论如何，她还是很感激子翔的，因为他把她当作了可以推心置腹的朋友。

以后的一段时间，他们不时都会通通电话，发发短信，寻常的问候，适中的关怀，融注着彼此兄妹般浓浓的亲情。偶尔他们也会出来，到咖啡厅谈谈心，叙叙旧。有一次，文娟也问子翔："我们这样在一起，如果被别人看到了，不知道会怎么想？"

"管他们怎么想，我们又不是为别人活着。其实，我们两个人心里都很清楚，我敢说，世界上没有一对男女的关系有像我们这么简单！"子翔深深地吁了一口气。

是啊，简单多好！冰心曾说过："因为你简单，这世界就会变得简单。"而唯其简单，才凸现了这份感情的纯洁、美好与绵长。

跟子翔在一起，她觉得自己能够率性而为，可以像孩子一样无拘无束地说出自己的心里话，可以开心地笑，俏皮地逗趣，不用像别人一样再套着一张虚伪的假面具与人周旋，这种轻松与快乐是她很久以来所没有体会到的，也使她感受到了生命本色的光彩。她的眼睛里又恢复了自信，脸上又呈现出动人的光彩。当然，她也很自然地将这种情绪带到工作中、生活中，家庭内部的晦暗气氛也似乎在渐渐缓和了。

这天，文娟在报社上班。儿童福利院的牟院长来找她。牟院长说，之前报社报道了福利院几个孤儿的故事之后，不断有好心人给这些孩子捐衣捐物，有好几个企业家还强烈地表达了要捐款的意愿。她想向上申报举办一场公开的慈善募捐活动，将所收到的款物辐射到盲人学校、聋哑学校等所有需要帮助的地方。因此她特别希望报社能与他们联办，以争取和唤醒社会上更多人的爱与关怀。这个创意固然不错，但文娟却十分犹豫。说心里话，她内心非常想促成这件好事，但是以她目前的处境，她怕同事们说她爱出风头。

可是肖主任却是一个积极的不折不扣的支持者。他果断地说："小苏，这是一项非常有意义的活动。我们报社的专刊最近不是无米之炊吗？这个题材好好挖掘，一定能弄出一两篇有深度的报道来。苏总那边我去报告，你赶快负责筹备吧。对了，再争取几家本市有知名度的、富有社会责任感的企业家参与进来，扩大扩大社会的影响力嘛。"

文娟心领神会地点了点头。很快，她便想到了子翔。他集团投资的新亚广场项目正处于如火如荼的动工投产阶段，也是本市市民特别关注的一个大项目。于是，她轻轻地拨动了子翔的手机。电话那头，他的声音显得很疲惫。他说，刚刚结束了一场枯燥冗长的马拉松式的项目论证会，很累。苏文娟于是单刀直入地将意图表明，然后问："子翔，你愿意出一点力吗？"

子翔笑了："出力？是出钱吧？"

文娟也俏皮地笑了："也对！"

子翔思忖了片刻说："那好吧。我会跟我们行政事务部经理交代一下，让他去运作。我把电话给你，一会儿，你跟他直接联系吧。"

筹备工作进展得非常顺利。由报社和市残联联合举办的慈善募捐活动就要举行了。活动前一天，文娟满怀欣悦地给子翔打电话："子翔，明天的活动你一定要来啊！"

"文娟啊，不好意思，明天我还有其他安排，我会让我们集团一位副总去的。"

文娟没有再说什么，她知道他忙，但心里还是有一丝丝的失望的。

募捐活动组织得很成功，文娟的稿子也相当感人，再配上那些生动的图片介绍，这组报道得到了社会的普遍关注，好评如潮。连续三天，报纸加印十万份，读者来信雪片般地涌向了报社。文娟难抑心中的喜悦,她给子翔挂了电话:"子翔,事情办完了吗?晚上有空吗?我请你吃饭。"

电话那头子翔笑出了声:"回来这么久了,主动请我,这还是第一次。去,一定去!"

这天晚上,在海天酒楼。苏文娟点了一些子翔爱吃的家乡菜,还破例主动开了一瓶红葡萄酒。

子翔笑着调侃道:"心情不错嘛,挺有成就感对吧?"

"当然!"文娟孩子气地扬了扬头。然后,她一边打开了瓶盖,在每个人的酒杯里都斟上一点,一边问:"你那天为什么不来参加呢?"子翔淡淡地说:"场面上的事没多大意思。你不用太认真了。"然后吃惊地问:"真要喝酒呀?"

文娟点了点头说:"看来酒也不是什么坏东西,能够解忧,也能够助兴,难怪那么多人喜欢它。来,干杯!"

酒一喝,这话匣子也就打得越来越开了。席间,文娟对子翔说:

"子翔,你的度假村项目投资约八亿元,虽然是分五期,但成本也太高了!"

子翔惊奇地抬起头来,诧异地看她:"你是怎么知道的?"

"别人告诉我的。"文娟故作神秘地说。

子翔微微地将身子往后一仰,笑着探寻着问:"你不会在调查我吧?"

"差不多。"文娟俏皮地撇撇嘴说。其实这些情况网上都可以查得到,她只不过是想吊子翔的胃口而已。

子翔摸了摸渐渐浑圆的下巴,眉头微蹙了一下,咬了咬牙问:"文娟,你最近怎么对生意上的事开始感兴趣了?"

"这叫与时俱进嘛!这是市场经济的时代。说不定哪天我也改行不当编辑了,到你那儿谋生混饭吃呢!"文娟越说越开心,她觉得这种抬杠挺有意思的。

子翔疑惑地看着她,进一步说:"你是个才女,不写作,怎么对得起你与生俱来的创作天赋呢?"

"才女?"文娟"咯咯"地笑着说:"你不觉得这个'才'字单看起来有点单薄有点瘦弱,加了一个'贝'字旁才显得丰满吗?"文娟的语气里更多的是带着一点自嘲。

"有意思,有意思。"子翔笑着牵强地附和着,脸上的笑意似乎一层层地在减少,但文娟并没有太多地在意。

他们又聊了一会儿。子翔说,他第二天还要去上海出差,不能待久了。文娟没有再挽留,他们在她家的那个巷口分手了。文娟说,祝你一路平安。子翔说,珍重再见,然后他们握手告别。寂寂的冬夜告诉你,冬天已渐渐接近尾声了。

十八

　　子翔去上海出差一周，给文娟挂过两次电话，发过几条短信。苏文娟的心里还是挺惦念，挺牵挂的。但近来报社的工作挺忙，所以她也没有太多的时间去想。自从福利院的事报道之后，市总工会又派人来联系"春风行动"和"希望工程"的事，真有些应接不暇了。倒是肖主任好像热情不减，乐此不疲的。他说："我倒是觉得捐资助学这件事，我们不能轻易就放弃了。看过《落泪是金》那篇报告文学吗？那些贫困学生的遭遇真的也很让人揪心。我们有这个责任啊！"

　　文娟沉思了一会儿，赞同地点了点头。之后，在肖主任的指导下，她又开始了具体的接洽筹备等各项工作，同时开始认真拟定采访和写作提纲。

　　一周之后，子翔回来了。第二天，他便给文娟挂电话，语调有些抑郁："文娟，有些累。晚上有时间出来坐坐吗？"

文娟想了想，有些为难地说："子翔，对不起啊。这几天实在是太忙了。晚上要赶一份提纲，还要整理一些资料。过两天我再跟你联系，好吗？"

子翔客气地答应了，语气里带着一丝遗憾。

两天以后。这天下午，文娟结束了对本市的几家知名企业的拜访后，已近傍晚。车开到湖心路的时候，她突然问司机："小李，过前面一个十字路口，是不是就到了'环球广场'了？"

司机小李肯定地说："对呀，要去那儿办事吗？"

文娟笑笑说："没有。我想去那儿拜访一位朋友。一会儿，你就在那儿停一下。然后，你先回报社，待会儿我自己打车回去。"

车子在"环球广场"大厦前停住了。根据一层大厅内的平面指示图，她坐电梯直接到了十八层。子翔在本地的分公司就设在这里。

员工的办公室是敞开式的，只是用那种很雅致的磨花玻璃隔成了一个个相对独立的空间。大家都集中注意力各自埋头做着自己的事，所以并没有几个人感觉到了陌生人的造访。看得出来，这是一支年轻而又富有活力的团队，而子翔就是他们的头儿。

子翔的秘书是一位年轻、漂亮的小姐。她很有礼貌地问："请问小姐有预约吗？"

文娟有些歉意地摇了摇头，连忙递上名片说："麻烦您通报一下。"

秘书挂通了他的手机，很快就笑着很客气地对她说："苏小姐，我们程总正在财务部谈点事，一会儿就过来，您先在他办公室坐会儿吧。"然后，她就领着文娟到了子翔的办公室。

子翔的办公室坐北朝南，宽敞而又明亮。一套考究的皮沙发，明亮的玻璃窗，垂着最新式的木帘，装潢得雅致、气派而大方。办公桌后面墙上的一幅字很吸引人的眼球："宠辱不惊，看天上云卷云舒；去留无意，任庭前花开花落。"这是刘海粟先生的句子，文娟也蛮喜欢。她一边细细品味着，一边走到了侧边的书架前。书柜里装着很多经济类的书籍还有一些中外名著。当她的目光不经意地从第二层掠过时，竟意外地发现了自己的两本书《星星草》和《无言》也安安静静地躺在那儿。霎时，一种欣悦一种感动从她内心深处油然而生。正想着，子翔进来了，身后还跟着他的那位女秘书。

他有些诧异地问："怎么事先也不打个电话，你看我，一点准备都没有。"

"喝点什么？来点咖啡怎么样？"说着，他回头对秘书说："小毛，去煮一壶咖啡来，用我上次带回来的那种巴西咖啡豆。"秘书答应着出去忙去了。

文娟有些不好意思地说："子翔，不要再麻烦了，我坐一会儿就走。"

"没关系。天气这么凉了，喝点咖啡暖暖胃。"他朝她微微一笑，又说："这样吧，我先泡杯茶给你，看你脸色这么青，不会是在外面冻着了吧？我记得你也蛮喜欢喝茶的，要那种很淡很淡的味道，对不对？"

文娟含蓄而又感激地点了点头。是的，他们俩都喜欢咖啡，也爱茶，也曾不止一次谈到茶与人生的话题。记得有一次，文娟说，人生有三道茶，第一道茶苦若生命，第二道茶甜似爱情，第三道茶淡如微风。子翔也颇有同感，他说人生如茶，茶如人生。而今时隔多年，他竟然还能记得住她那些小小的嗜好，那淡淡的茶香应该还一直留存在他的心间吧？

她轻轻呷了一口他递过的茶，然后在他对面的位子上坐了下来。因为是面对面，这才惊讶地发现，仅一周多的时还间，他好像苍白消瘦了许多，情绪似乎也不太好。文娟关切地问："这一趟出差很累吧？"

子翔只轻轻地点了点头。其实，他没有告诉她，旅途的劳顿远不及他内心所受的打击。这次上海之行其实并不顺利。由于上海一家中介公司的商业欺诈行为，他预备支付国外公司的一千多万元的货款有可能就这样沉到太平洋里头去了。即使有信心打赢一场官司，也需要一个马拉松式的漫长过程，需要耗费巨大的人力物力，这使他烦恼不已。但这一切，他并没有打算告诉文娟。

他们很随意地聊了一会儿，文娟又很自然地兜到了捐资助学的事，于是她不假思索地提议道："子翔，这次活动你一定要参加，真的挺有意义的。"

子翔皱了皱眉，半天才说："文娟，我当你今天是专程来看我呢，原来是公私兼营呀。难怪！"停了停，他又看了看她，有些玩世不恭地说："文娟，什么时候成了社会活动家了，对慈善事业如此感兴趣？"

文娟连忙说："子翔，我觉得只要能力许可，我们每个人都有这份责任和义务。"

子翔若事思索后，缓缓地说："说真的，我宁愿把钱拿去重修普贤寺，或是资助一些贫困学生，也不愿将钱捐给那些机构。那些机构，竟然也有人相信，真是太幼稚了！"

"为什么呢？"苏文娟惊讶得睁圆了眼睛，张大了嘴。

子翔没有直接回答她的问话，半天才抬起眼睛，幽幽地问："文娟，你看我算不算很有钱？"他的表情有些怪异，怪异得令人捉摸不定。

文娟觉得他的话真是不好回答，为了调和气氛，她半是开玩笑地说："我不知道，应该是吧。《商界》上不是写你是富商兼儒商吗？"

子翔不说话了，半天才抿着嘴，轻声地说："文娟，前几天我也一直在认真思考一个问题。岁月改变人的力量确实是相当大的。我说一句话，你千万不要生气。这次出差上海，无意间在酒店里遇上了你们报社发行部的郝主任。他告诉我你们家现在的情形，也说了你现在在报社处境的艰难。为了这个，所以你竭力地想表现得好一些，出色一些。这个我可以理解，但是……"

仿佛心被皮鞭猛抽了一下，仓促间苏文娟竟感到无法回避。她冷冷地问："他真的是这样说的？那么，你呢？"

子翔表情僵硬地说："我当然不愿意这样想。但事实上……"

"但事实上你还是相信了。是吗？"苏文娟感到内心有一种被撕裂的痛楚，从胸口一直抽痛到指尖。她想用手去抓桌上的茶杯，但由于颤抖，水杯歪了，茶水泼了出来。她努力想扶住它，但情况更糟糕，茶杯完全倒了，狼藉一片。

子翔定定地望着她，一直望进她眼睛深处里去，恳切地说："文娟，一个女人改变命运的方法有很多。贪慕虚荣、依靠别人发展自己的女人，我见过太多了。我不希望你是这样的人。"

"你真的是这样想吗？"文娟一脸的茫然，感觉有泪水往眼眶里冲，但她竭力抑制住，不让它流出来。

"至少我不希望你演变成另一个姚芊芊！"子翔声音颤抖地说。

已经没有什么可说的了。泪水终于夺眶而出，苏文娟可以感受到它的苦涩。她缓缓地站起来，久久地一分一厘地凝视着子翔，一双眼睛如浸在水雾里的寒星，然后她拎起包掉头就走。

子翔冲上去一步，一把抓住她的胳膊，呼吸急促地说："文娟，对不起啊。你听我说，我想，可能，或许……"他的言辞混乱不清，连他自己都搞不清楚真正想要表达的是什么。

苏文娟回过头，朝他凄然一笑说："或许，你应该恭喜你自己，终于用十七年的时间认清了一个人！"然后，猛地甩开他的手，跑了出去。

她一头冲出子翔的办公室，冲出写字楼，冲到了大街上，差点与迎面而来的一辆的士撞个满怀。司机伸出头，恶狠狠地咒骂道："干什么？想找死呀！"

她也顾不得许多，心中在剧烈地绞痛，一下子冲到路旁的一棵大树下，伏在树干上放声恸哭起来。子翔，是她曾经的希望与梦想。她以为，他可以给她最真实的关怀与帮助。在他面前，她可以不需要任何设防和武装，不用虚伪地掩饰自己的任何思想和感伤，但是她错了，直到这一刻她才知道自己是真真切切地错了！也许，她只是对他知道得很多，了解得却很少，或者说是根本就不了解。

回来的时候，夜已经深了。晗之站在路口等她。梧桐树下他的身影显得特别的瘦长与寂寥。苏文娟一时竟感到有一些不知所措，她不知道这一刻自己应该是欣喜还是感动，只觉得鼻子酸酸的，心里酸酸的。几年了，从来都是她巴望着这条小路，翘首期盼着他的归来，但今天他却会在这里等她，而且就在此时此刻。她想哭，好想扑在一个人怀里大声痛哭，却苦于找不到一个可以依靠的肩膀。于是，她软弱而无力地说了一句："谢谢你来等我。走吧，一起走吧！"

第二天一大早，子翔就不断地给文娟打电话，她一直没有接，最后干脆把手机关了。他挂电话到她办公室,她吩咐小王说她不在。她知道他会说,"请你原谅""对不起""我不想伤害你"诸如此类的话。一切既然已经明了,任何解释都是多余了。

第二天下午,文娟收到了子翔的一条短信:

文娟,那天下午真的对不起啊。昨天挂电话到你们单位,刚好是肖主任接了。他告诉了我你的事,我非常的懊悔,内心有一千一万个对不起想对你说。文娟,你能给我一次机会吗?晚上六点半,我在"深深缘"等你。我会一直等你,一直。

看到这条短信,苏文娟深深地深深地叹了一口气。

夜幕降临了,清朗的高空,如扯着片浅蓝色的布幔,飘带似的一缕缕云丝,斜盖住了天河。

苏文娟久久地伫立在窗前,默默地望着窗外这一片云天。晚饭英姐已经热了两遍,但她好像没有想吃的欲望。看她没有换衣服,依然穿戴整齐的,英姐关切地问:"这么晚了,还要出去吗?"

"嗯。哦,不。"文娟闪烁其词地应答着。

亮亮又缠着她说:"妈妈,帮我听写嘛。"

文娟心不在焉地说:"亮亮,妈妈有事,让阿姨先帮你嘛。"

是的,她心里有事,这让她心神不宁、坐立不安。子翔是否已经在那儿了呢？他会等她，一直等她吗？她不知道自己该何去何从。她心中无数遍暗暗地在责骂自己的软弱和没用。子翔那么深地伤害了她，为什么自己还如此拿不起放不下，才下眉头，却上心头。她也不知道，即使他们再次相对，又能谈些什么，做些什么，因为他是如此漠视和不尊重她。想到这儿，她不由得甩了甩头，又轻轻地拭去了眼角悄悄溢出的不争气的眼泪，把目光再次投向了窗外。

夜渐渐地深了，整个城市也好像安静地睡着了。月光如水，轻轻播撒下来，仿佛给万物涂上了一层薄粉。天上已没有云，黛黑色的夜幕上，散布着很稀落的几粒星点，每一颗星都清晰在目。有一颗星，边上像是沾满了霜花，周身发着冷光，带着天真烂漫的惊讶神情从漆黑的天上望着大地。世界是如此纷繁复杂，人生又是如此矛盾丛生，为什么去意彷徨之间，人总会有这么多这么多的不甘、不舍和不忍呢？直到这一刻，她才知道自己对子翔的感情原来是如此深刻。那是一种情，它可以把人的心烫焦，痊愈之后永远留着痕迹的情。

苏文娟咬着嘴唇，睁大了眼睛，默默思考着，辗转反侧，夜不能寐。整整一夜她都没有怎么合过眼，第二天上午起床时，眼角已密布着一层淡淡的黑眼圈。

两天后，文娟收到了子翔寄来的一封信。信是这样写的：

文娟：

　　如晤。

　　那天，在"深深缘"等到午夜两点，直到他们那里关门了。依我对你的了解和情分，我自信你一定会来。但是我错了。你终究没有来。静静坐在那里，一个晚上，我想了很多很多。如烟往事一幕幕重现眼前。从北行的列车到普贤的山冈，从天水的风沙到巴黎的璀璨霓虹灯……岁月如歌，留下的是一段文字永远也填补不了的空白。

　　还来不及告诉你，在巴黎的时候，我曾非常用心地想选择一份礼物送给你。太昂贵的，我知道你不会接受，但只要是用心的，我相信你不忍心拒绝。珠宝店里，铺着红缎的玻璃柜内闪闪的，满是闪着丰润的光彩的养珠。我请店员选了一颗最好的，放在掌心里滚动，站在边上的一个美国老太太望着我笑着说："小心呀！不要让它滚丢了，丢了就再也找不到同样好的啰。"

　　其实，文娟，你就是一颗小巧精致的珠子，不但好，而且真，但我却永生都找不回来了。

　　记得曾经有一位作家说过："人生很漫长，但紧要处却只有几步。"如果说我这一生有什么大的错误或遗憾的话，那就是我不该那么轻易就放弃了你（不管其中的理由是怎样）。在异乡无数个孤独寂寞的长夜里，思念常常像毒蛇一样噬痛我的心灵，使我恨不得立刻跨山越海去看你。这种深刻却无望的思念常常使我彻夜难眠。这些年漂泊异乡，吃过不少的苦，每次快要挺不住的时候，我也总是想起了你，仿佛你正用那善解人意的眼睛对我说："坚强些，一切都会好起来的！"于是，咬咬牙也就挺过来了。大大的世界，小小的我们，我感谢上苍让我认识并爱上了你这样一个女孩。如同我平和心夜中一秉耀眼的烛光，一路照耀我人生前行的道路。无论我今生经历过多少个女人，没有人能改变你在我心中的位置。你是我心中一座岁月永远都无法改变的坐标。真的。

当往事萦绕于怀时，我知道，重归是释怀的最好办法。所以，我回来了。然而，造化弄人，有时比岁月嬗递更加无情。当我们再一次相对坐在一起的时候，我感觉你真的改变了许多。说不出改变在哪里，总觉得你变得更加忧郁，更加不快乐了。虽然我很想知道你为什么不快乐，也很遗憾没有办法让你快乐起来，我只想让你不那么不快乐，可上天连这么一点机会都不肯给我，也许这就是上天对于我的惩罚吧。当然，我也深知，岁月在悄悄改变你的同时，也在悄悄地改变着我自己。从你清澈如水的目光里，我看到了自己的改变。在国外，在商场上，人情、友情、爱情、亲情，这些仿佛都和心没有什么关系，而更多的是串在花花绿绿的钞票上的，这使我逐渐对别人产生了怀疑从而缺乏应有的信任感，也使我的处事方式变得更加功利而且简单。怎么说呢？世事沧桑，清可以变浊，美可以变丑，有时只要短短的几年。我不知道这一切应该怪自己，还是怪这个时代？到底是什么造成了我们之间的阻隔？我不知道。如果寻找只是为了遗忘，只是为了又一次的迷失，上天为什么要安排我们再一次的重逢？文娟，你告诉我！

但是，文娟，我可爱的小姑娘，无论如何，我还是不能忘记你。没有一种感情会令我如此刻骨铭心，百折千回。没有拥抱，没有亲吻，没有人能理解这样的感情为何能穿透岁月，穿透骨髓，深深沉淀到我们彼此的心底里。

为了保持你在我心中毫无瑕疵的完美形象，我曾经那么自私地苛求上天不要让你有任何改变。这也使我总拿着一面"放大镜"审视你，最终酿成了我们之间永远无法挽回的错误。原谅我的自私与浅薄。我曾说："缘是天定，分是人为。"而现在我已经不那么自信了。曾经以为即使我们今生不能相爱，至少我们也该是一生一世的兄妹、朋友，但是我错了，我知道你永远也不会原谅我。明明看得到你，却不能得到你的原谅。咫尺天涯，这是怎样的一种煎熬？我不能不说，天意难违啊！所以我只能选择逃避。

北方也有我的事业，我可能要到那儿呆很长一段时间。之后，有可能会再回到异国的土地上，尽管那并不是我的家乡。也许，在那儿，我会试着慢慢忘记你，慢慢忘记曾经的自己。

记得十七年前，在北行的列车上，你曾天真地对我说："你有两句话说得特别好。'草色遥看近却无''青山遮不住，毕竟东流去。'"我告诉你，那是古人说的。不幸的事，十七年以后，这竟真的成了我们之间真实的写照。如果有来生，我想，我还会选择那趟列车。不知道还能不能遇见你？

我走了，小姑娘，尽管心中有一千一万个声音在对我说"别走，别走"，可是我不得不走了。

再见了，小姑娘，我会永远记住曾经的你和我。

如果可以，让我像哥哥一样深深地深深地吻你的额角吧，祝福你永远健康、快乐、幸福！

你远方的大哥哥　子翔

泪水如一串串的珍珠从苏文娟的双眼中奔涌而出，散落在洁白的信笺上，散落在如血的红地毯上。她只觉得手抖得厉害，心抽成了一团，一种从未有过的钻心的疼痛从腹背穿透全身，使她全身无力，几近虚脱。她的手紧紧捂住胸口，那里正有一千一万个声音在喊：别走，子翔；子翔，别走。它哽在她的喉咙口，使她不能呼吸与哭喊。她只觉得眼前猛的一黑，一头栽了下去。

那个晚上，文娟病了。半夜醒来，觉得房里烧着火似的燥热。捻亮床头的电灯，一看，房子里一粒火星也没有，这才知道，热是从自己身上发出来的，一摸额角，手指像被咬了一口似的弹开，额角烫得像烧焦了似的！这才知道自己是扎扎实实地病了。

"英姐，英姐！"她叫了两声，没有人答应，猜想英姐和亮亮都睡熟了。只得自己慢慢地跨下床，在书桌和抽屉里拿了两粒阿司匹林，倒了冷水喝了才躺下，躺下后想量量自己的温度，也没有温度表，就算了，又接着昏昏沉沉地睡着了。

第二天醒来时，天已大亮。阳光温柔地铺洒在房间的每一个角落，又是一个美好的早晨。文娟刚想坐起来，就觉得脑壳上像压了一个重锤似的动弹不得。她无力地唤了一声："英姐！"

听到房间里的响声，英姐急急地跑了进来，高兴地叫了起来："哎呀，谢天谢地，你总算醒了。昨晚下半夜，你烧得厉害，还尽说些胡话，可把我吓得！章先生打了两次电话，问你的情况。我告诉他，你烧退了，他这才放心了。你呀，一定是受了风寒，为什么不能小心一点呀？"说着，她又关心地说："我煮了芥菜虾皮粥和百合红枣羹，你要哪样？或者都各要一点？"

"我不想吃。"文娟痛苦地摇了摇头说。

英姐心疼地望着她，然后又慢慢地在她的床沿边上坐下来，拿了一块枕头垫在她的腰后面,怜惜地说:"文娟,别怪英姐多嘴。英姐也是过来人。都说一日夫妻百日恩,更何况你和章先生已是十年的夫妻了。夫妻间磕磕碰碰是常有的事,即使章先生做了什么让你生气的事,你也不能老是搁在心上,独自儿受气啊。有什么事就说出来,说出来就痛快了。他心里一直装的就是你,这一点啊,我这个外人都看得一清二楚的。"

文娟咬着嘴唇,半天不说话,眼中掠过了一抹受伤的深刻的悲哀。半天,她才愣愣地问:"几点了?"

"九点半过,都快十点了。"

"歇会儿,我该上班了。"说着,文娟就要披衣下床。

"你不要命了?"英姐一把按住了她:"好歹也得吃了药,休息一天嘛。待会儿我帮你给报社打电话。"

文娟摆了摆手说:"不用了,我自己来。你忙去吧。"

英姐又叹了一声气走出房间。苏文娟坐在那儿,长久地呆呆地望着窗外。

十九

　　生活还要继续，它不会因为你的悲喜与得失而停下它匆忙的脚步。年复一年，日复一日，也许也只能这样重复着没有奇迹也没有大喜大悲的平淡生活。吃饭、睡觉、上班、下班，像钟摆一样有条不紊。文娟知道，作为大时代中的一个小女人，就像大海中的一个小泡沫，没有人会注意她的升起，也没有人会在意她的消失，不过是沧海一粟而已。

　　地球无声无息地运转着，时光也如同流水一般滚滚东去。走在宽阔的马路上，已不时会看到三两个戴着圣诞帽、提着长筒袜的俏皮男孩，告诉你圣诞节近了。圣诞之后是元旦，元旦之后春节很快也就要接踵而至了。

　　而春天，就恰恰在这个时候莅临人间。今年的春天，似乎来得特别踌躇、迟疑，乍暖还寒，翻来覆去，仿佛总下不定决心。

但是路边的杨柳,不知不觉间已绿了起来,绿得这样轻,这样浅,远望去迷迷蒙蒙,像是一片轻盈、明亮的雾。早晨推开窗,迎面就可以看到芙蓉树上缀满了艳丽的花蕾。小路两旁的杜鹃红白一片。几朵初放的玫瑰,迎着和煦的骄阳,懒洋洋地绽开着花瓣,仿佛也在向路人点头致意,在轻轻问候:春来矣,知否,知否?

苏文娟只想把脑袋锁起来,不管它里面存储了多少记忆以及别人无法破译的密码。她只想工作工作,只有这样,才能忘却那些无法忘却的东西。但是一旦忙完了,停下来,凭窗小憩的时候,她就觉得内心空落落的一片。

此刻,她正凝神望着窗外。

窗外有风,远处有山。凸出的山峰和云连在了一起。窗台上,两盆草花,几年了,没有人管过它们,为了省事才把喝剩的凉白水倒过去,居然长得蛮好的,到季就会开出花来;再下面,院子里种着树,主要是大叶榕,印象中的亚热带城市为数不多的会落叶的树。春天的时候,落去所有的叶子,露出整齐向上的枝干的线条在天空中的剪影;再远一点,是一所中学——"菁菁校园",课间及午间会有好听的男孩女孩的声音和好听的音乐声。黄昏的时候,常常也能看见年轻的小男生从矮冬青的边门出来,吹着嘹亮的口哨,看见侧门女生宿舍门口进进出出的人,要看而不敢看,看了又不敢盯着看的那种憨态,多傻然而又是多好的年代——那是不属于成人世界的青涩岁月的欢乐。

"苏姐,去公告栏看了吗?今年的绩效评估等级已经公布了。今年也怪,还没到春节就评出来了。也不知怎么搞的,我才评了一个三等。"小王一进来就大声对着苏文娟嚷,好像已经窝了一肚子的气,之后又自言自语地在那儿嘟噜了好一阵子。

苏文娟的嘴角挂着笑,只淡淡地"哦"了一声,没有说什么。说实在的,凭着她现在与苏天启的关系,与邓诗惠的关系,与那些她不想刻意去套近乎的同事的关系,她根本也不指望能评上什么好等级。当然,工作不是为了评奖,工作本身就是一种快乐,它可以让她暂时忘却生活中的忧伤与失落。她这样想。

桌上的电话响了。文娟接了。

"是苏编辑吗?您好!我是'今晚有约'的主持芳子。怎么样,我前几天跟您说的那件事,您考虑得怎么样了?"

"哦,是芳子呀,您好。我考虑再三,还是不去了。对不起,让您失望了。"现在这种处境,她真的不想太张扬了。

芳子沉默了一会儿,又说:"苏编辑,我仔细想想,还是希望您参加这一个节目。您总不想辜负那么多真心期待您的听众朋友和读者吧?"

这一声"辜负"轻轻拨动了文娟的心弦,她这一生最怕辜负别人了。于是,她又沉默了一会儿,显然思想上正进行着激烈的斗争,最终她下了决心说:"好吧,芳子,我去。"

芳子喜不自禁地叫起来:"那好,说定了,就定在本周六。到时候，我们电台的车会去接你。"

转眼就到了周六。文娟怀着一颗忐忑不安的心走进了录音棚。因为是第一次作为嘉宾参与节目，她真的感觉好紧张。耳朵里塞着耳机，抬头望见的是红、黄、绿闪烁不定的指示灯。面前是一排排切入导播的键盘和按钮。

"亲爱的听众朋友，我是芳子。今晚，我们有幸请来了本市最有才华的年轻女作家苏文娟小姐来到我们的'今晚有约'节目，与我们一起来探讨文学，畅谈人生。希望大家踊跃地参与。"芳子的语气中难抑心中的喜悦。

由导播室导入的电话一个接着一个。听众中有老的，也有少的；有男的，也有女的，不同的年龄，不同的职业，表达的都是同一个心声：他们喜欢她的作品，他们爱她。文娟感到了一种无可言状的感动。

有好几个人都问她同样一个问题：一个作家最大的快乐是什么？文娟笑着回答道："一个作家最大的快乐来自写作本身，次大的快乐来自读者的反应、共鸣，最后的快乐才来自所谓的名和利。因为一个作家的责任不仅仅在于讲一个动听的故事，而更是在指出社会上的某一种现象，别人看不到的，或是看到，没有指出来的，或是指出来而说得不动听的。一个好的作品首先要感动自己，才能感动别人，因为它是作者生命之泉的流淌。"文娟回答得很诚恳，她恨不得把心都掏出来交给读者，交给听众。

听众参与的热情很高，文娟的情绪也显得异常亢奋，她甚至暂时忘却了这些天来一直萦绕于她身边的痛苦与忧伤。大家对她的作品都很熟悉，许多人都能如数家珍地历数出她每个作品的名字，当然谈得最多的还是《像我一样快乐》和《星星草》两个作品。

《像我一样快乐》是苏文娟刚刚走上工作岗位之后不久写的。那正是生命的花开时节，眼里有阳光，心中有梦想，表达的是纯真女孩不知天高地厚的逍遥心情。而《星星草》则是在她工作十一年之后写的。小说的主题是积极的，但增添了几分因年龄渐长而生活可能性逐渐缩小那种不可名状的悲哀。两部作品分别代表了不同时期的苏文娟，也恰恰能勾勒出她成长的心路历程。

节目进展得很顺利，芳子的脸上露出了非常满意的笑容，她还不时地俏皮地用手指向文娟做出一个"V"形的动作，表示节目录制得很成功。

就在节目即将结束的那一刻，导播将一个电话切了进来，是一个中年妇女沙哑而又干涩的声音。她不像其他人一样，客气地称文娟"苏老师""苏编辑""苏作家"什么的，而是直呼她的名字。她说，她读过文娟很多作品，最喜欢的是她的《给我一个活下去的理由》，尤其是在现在这个时候重读它，更是千般滋味在心头。说着说着，她竟哽咽起来。

芳子连忙温柔地安慰她，劝她别激动。文娟关切地问："能告诉我，究竟发生了什么事吗？"

中年妇女止不住她内心的痛苦与悲伤，但在她断断续续的哭诉里，文娟终于明白了这又是一个凄凉而感伤的爱情悲剧。她一生写都写不完的爱情悲剧。

"文娟，你曾说过：一个男人走了，随他去吧。世界很大也很美，至少我们心中还有梦。但是如果我说，他把我的梦都带走了，我能依靠什么生活？虽然我们从未见过面，但我知道，你是这个世界上最值得信任也是最快乐最幸福的女人，只有你能告诉我，我该怎么做，请给我一个活下去的理由！"

她声音不大，字字句句却如重锤般敲打着苏文娟的心，使她的心破裂了、流血了。多少天了，在别人面前，她力争使自己表现得坚强些再坚强些，但是此刻，她抑制不住自己，不禁潸然泪下。她毕竟是一个柔弱的女人，有一颗柔弱的心。和这位不知其名的女人一样，没有人能告诉她，她活下去的理由是什么。

她含着泪，一字一顿地说："我不知道该称您大姐还是小妹，我只想说，生活对我们每个人都不容易，包括我。活下去，也许这就是唯一的理由。"

"没有了，真的没有了……"对方的情绪相当的激动，她竟号啕大哭起来。也许是受了她情绪的感染，也许是她的话使苏文娟想起了更多感伤的事，她的泪水又一次滑落下来，一边说着"您别哭，千万别哭"，自己却"嘤嘤"地哭出了声。

尽管芳子不断地摁住她的手，示意她保持克制，但是局面并没有多少的好转。芳子只得对着话筒，匆忙地开始了那千篇一律的结束语。

什么时候走出电台，坐上车子，文娟已经记得不太清楚。直到车窗外凉凉的夜风吹拂着她的脸和眉梢，她才似乎清醒了一些。她有些愧疚地对芳子说："对不起啊，芳子。"

"没有什么，挺好的。没有想到节目竟然有这样的效果，真的很感人。"芳子挺真诚地说。

文娟没有再说什么，而是将目光投向了窗外。夜深了，整个城市好像也沉沉欲睡。窗外依稀可见一些大建筑物的背面，大仓库的晦灰的后墙、一排排陈旧公寓的后窗、后窗里朦朦胧胧的几盏灯光。这个城市白天见不到的阴影与缺陷，在夜晚算是展露无遗了。

"芳子，我的心好乱，我想下去走走。"文娟有些迷惘地说。

"太晚了，还是送你回家吧。"芳子有些担忧地说。

"没事。这里走过去不会太远了。芳子，谢谢你送我，再见！"文娟说着，下了车，嘴角挂着一缕凄然的微笑。

芳子望着她的背影远去远去，深深地叹了一口气：这是一个谜一样的女人。她是令人瞩目的女作家，而她自己本身就是一个动人的故事。

夜风凉凉地吹来，吹得苏文娟的脸冰凉，手冰凉，心冰凉冰凉的。

"阿姨，买束鲜花吧！"苏文娟缓缓地回过头，是一个怯生生的十一二岁的小女孩，明亮的双眸黑漆漆的，在月光中像黑葡萄般的闪闪发光。在这寒冷的早春的夜里，她显得那么的瘦弱和单薄。

苏文娟忧郁的目光漫不经心地从她的花束上匆匆掠过。

"这花真的很漂亮，而且还有淡淡的香味呢，不信你闻！"小女孩生怕她掉头就走，又急切地说。

"什么花？"文娟随意地问了一句。

"天堂鸟。"小姑娘战战兢兢地答道。

天堂鸟？天堂鸟！多么动听的名字。苏文娟猛然觉得心头一颤，她不由得低下头，细细关注起它来：白色的花瓣，嫩黄色的花蕊，花蕊上还有些细密的水珠。在小女孩小小的怀抱中，它若有所诉，显得分外的孤独与凄美，一如风中的苏文娟。一种多么美的花啊，它一定来自天堂！这样想着，苏文娟不由心中一阵怜惜，她深深地把它们拥入怀中，然后轻轻说："这些花，我全要了！"

她之所以说要，而不是买，是因为她认为它们也是有生命的，她要带它们回家。她不愿意它们在天亮的时候那样落寞地凋零，被人遗弃在城市的某个角落。

小女孩显然找不开钱，她慌乱地在上衣及裤子的口袋里掏着，凑着零钱。

"不用找了。"文娟温柔地望着她，轻声说："夜深了，快回家吧！"

小姑娘满含感激地鞠了一个躬，然后转个身，像一只轻快的飞鸟向夜的深处飞去了。

　　苏文娟长久地伫立在那儿，感觉到有一股热流从心头慢慢升起，又从眼中慢慢溢出，那是她的眼泪，她温热的眼泪。

　　拖着沉重的脚步，苏文娟回到家里。走进卧室，就闻到一股呛人的酒气、烟味和怪异的味道。晗之正横躺在床上，床上零落地扔着领带、袜子和小提包。她连忙退了出来，走到了儿子的房间。

　　点亮灯，不由得吃了一惊，亮亮还没有睡，一双黑眼珠滴溜溜地转动着。

　　"这么晚了还不睡，明天怎么上课呀？"文娟嗔怪道。

　　亮亮像盼到救星似的，急切地坐起来说："妈妈，快去看看爸爸吧。他刚才怪吓人的，又是吐，又是闹，还哭了。阿姨说，他一定是喝醉了。"见文娟还在迟疑，他又近乎哀求地说："妈妈，你快去呀，看看爸爸好一点了没有？"文娟心软了。儿子是聪明而早慧的，她不愿意让他过早知道父母之间的芥蒂与隔阂。于是，她俯下身轻声安慰道："没事的，孩子。那你乖乖睡着了，妈妈过去照顾爸爸。"

　　说着，她关了灯，轻轻走到了隔壁的房间。晗之和衣躺在床上，他的头歪在枕头上，好像睡得很熟。他的头发凌乱，胡子也没怎么刮，从前的那份整洁和清爽不知道都到哪里去了。发生了那件事以后，说真的，她很少这么近地去注视过他关心过他。记得以前晗之总是特别爱干净爱风度，而她也总是把他的衬衣、裤子熨得平平整整，领角挺括的。而现在夫妻间竟成了这么一种局面，她不由地一阵心痛，心痉挛了起来。

她轻轻地把床上的袜子、包和一条领带捡起来放在椅子上，又俯下身把晗之拖到地上的半床棉被推起来，盖在他的身上。做完这一切，她正欲转身走出去，晗之醒了，一把抓住了她。他睁着一双猩红的布满血丝的眼睛，紧盯着她，急切地说："娟，别走，求你别走！"目光中盛满了祈谅、求恕、痛苦与渴望。

见她默然不语，他又吃力地把自己托起来，把头埋在她的胸口，含混不清地恳求道："对不起啊，我知道我错了。求你不要不理我，不要拒绝我！"文娟的心软了，隐隐约约间竟对他产生了一种类似于母爱的怜惜。

也许是文娟眼中的一丝柔情让晗之看到了希望，他好像受到了某种鼓舞，一把将她拉向了被窝，拉到了自己的怀里。发生了那件事后，他们夫妻已经没有真正地亲热过了。记得之前的一个午夜，晗之把文娟拨弄醒了，大汗淋漓地表达着自己内心的冲动与想望。文娟惊恐万状地望着她，温热的身体在他的怀中瑟瑟抖颤着，那情形仿佛他面对的不是一个他深爱着的妻子，而是一个备受欺凌、备受蹂躏的陌生人。

他猛地感到一种负罪感，许久蓄积起来的信心顷刻瓦解，终于全线崩溃了。他知道自己不行了，真的是不行了。而此刻，文娟眼睛里的那一点退让那一点不坚持又似乎让他重新看到了转机，他急切地解开了她上衣领口的蝴蝶结，把一个又一个灼热的吻印在上面，印在了她的唇上、眉上、脖颈里。她想推开他，却觉得全身无力，泪水再一次簌簌流下。她知道，自己终于屈服了，屈服在他的"爱"里，屈服在内心深处一遍遍想说服自己的理由里。因为他是晗之，因为他是她的丈夫，孩子的父亲。

二十

　　沿着南山湖的湖畔，苏文娟和江心雯就这样默默前行着。走了很远，两人都没有说一句话。半天，江心雯才回过头，柔声对文娟说："短短的半年多时间，真的发生了太多的事。那一阵子，我真担心你会挺不住的。"文娟微微地点了点头，不言语，她的脸上有一种历练之后的淡定与从容。

　　心雯说："晗之的事算是过了吧？只是对于你来说真的是太不公平。"

　　文娟瞟了瞟辽阔的南山湖，平静地说："也许，在婚姻的字典里根本就找不到'公平'这两个字。"

　　停了一会儿，心雯又问："子翔那边也就这样了？"

　　文娟微微低下了头，半晌才怅然地说："听说他正在和一个女主播在谈恋爱，应该是挺适合他。我真心希望他能幸福。最近看了一部韩国的片子，叫《我脑中的橡皮擦》，又读了几米的一两本书，挺有感触的。几米说：'昨日的悲伤我已遗忘，可以遗忘的都不再重要。'说得真好！可以遗忘的都不再重要。"

"但是爱，真的可以遗忘吗？"心雯忧伤地说。

文娟再一次将目光投向了那浩渺无边的水面。远处，三两只孤独的水鸟蜻蜓点水般高高飞起又低低栖息在水面，不时还发出呼唤同伴的哀鸣。不远处，几个年轻的身影矫健如飞，他们玩的是动感十足的沙滩排球。身旁的录音机里却轻轻递送过来张雨生年轻、忧伤而无奈的歌声：

　　……
　　如果大海能够唤回曾经的爱
　　就让我用一生去等待
　　如果深情往事你已不再留恋
　　就让它随风飘远
　　如果大海能够带走我的哀愁
　　就像带走每条河流
　　所有受过的伤所有流过的泪
　　我的爱
　　请全部带走

苏文娟的眼圈红了，她把脸朝向了风大的一面，为的是让风把泪花逼退到眼眶里。片刻，她回过头，轻声对心雯说："冬天过后就是春天了，真的是春天了！"但是春寒料峭，极少有人能感受到它的温暖与可爱。

停了一会儿，文娟又抬起头，幽幽地说："心雯，也许有那么一天，我会再坐那趟列车走完全程，不为别的，只为了心中的一份祭奠。"

"那又何苦呢？"心雯啼笑皆非地问。

"不知道。"文娟的声音有些哽塞，脸上的神情十分寥落。

心雯怜惜地说："爱固然难以忘却，但生活中真的不要作茧自缚了。不要相信这世界上真有什么永远，世界上不会有永远的固定，一切都随时随地在变更。比如若桐，说不结婚，后来结了；比如我，说不要孩子，最终还是要了。要学着去适应这种改变。不要对自己太苛刻了，这是放过自己救自己的最好办法。"

"我明白。谢谢你，心雯。"文娟勉强地微笑了一下，领悟地点了点头。一阵凛冽的江风吹来，她感到了寒冷。于是，脱下自己的黑色风衣，轻轻地披在心雯身上，然后拉着她说："走吧，心雯。你已经有了身孕，江边风大，不要吹得太久了。"她们紧紧地挽着胳膊，相携着走向了回家的路。

然后就是购置年货，给孩子买新衣服、新书包。心雯呢，也在抓紧准备新生儿的衣服、纸尿片和五彩斑斓的玩具。日子过得平淡而琐碎。

晗之呢，还是老样子，忙于公务、忙于应酬，照旧很少待在家里。外面的世界对于他来说依然精彩。他还是那么自信而开朗地笑着，仿佛一切都没有发生过。对于曾经发生的事情，在他看来可能也只能算是不该有但又阻挡不了的极"偶然的事件"而已，只是较以前来讲好像变得更细腻而浪漫一些了。对于这一年的春节，也似乎特别的在意，亲自到家具店添置了两张小张的皮沙发，又换上了崭新的沙发套。在苏文娟梳妆镜前的花瓶中，不时还可以看到三五枝鲜嫩的白玫瑰和粉红的百合。晗之动情地说："给你的房间带一点春天的气息来！"这让多愁善感的苏文娟内心时时也会产生一种莫名其妙的感动。

转眼，除夕就到了。这天中午，章晗之早早就宣布了："今天下午，我不去上班了。我们一家子好好过一个团团圆圆、和和美美的大年！"

中午午休起来，父子俩就嘻嘻哈哈地忙着贴春联。

在门口，站在凳子上，晗之认真地比画着，问儿子："亮亮，看好了，是太高了，还是太低了？"

小家伙噘着小嘴，摇头晃脑地说："太高了，不，是太低了。"半天拿不定主意。最后，索性大声地叫起来："妈妈，妈妈，快来帮我看看！"

文娟慢慢走过来，瞥了一眼晗之手中的对联，上面写着："爆竹两三声人间是岁，梅花四五点天下皆春。"横批："辞旧迎新。"确实是一幅满是喜气的对联，但她只淡淡地说："其实，高一点低一点都无所谓，这不过是形式罢了。"

"那怎么行？贴春联是代表着喜气，辞旧迎新，福气临门，代表着新年新运气，一切将重新开始！"说话的时候，他一脸的认真严肃状，还意味深长、深情款款地望着苏文娟。

英姐忙活了一整天，张罗了一桌极丰盛的晚餐。她是一个非常善良淳朴的女人。考虑到他们家目前的处境，五年来，第一次主动提出不回家过年，这让苏文娟非常非常感动。席间，章晗之的情绪显得异常亢奋，他急切地向每个人祝福，祝快乐健康，祝美丽聪慧，祝事业成功，祝学习进步，世间所有美好的祝愿似乎在这个晚上都可以实现。

吃过晚饭，收拾好碗筷后，文娟帮着英姐简单做了一下卫生。晗之则抱着亮亮在大厅里看中央电视台的"春节联欢晚会"。除夕，一年只有一次，这是举国上下万人瞩目的日子，自然是欢声一片。

苏文娟独自一人默默走到阳台上。多少个这样的夜晚，她曾倚窗独立，长久地凝望着渺远的夜空出神。一年又将过去了，这是苏文娟生命中漫长而又极不寻常的一年。这一年中，她失去了生命中最重要的两个男人。章晗之，是离她身体最近的那个男人，但是他背叛了她；程子翔，是离她心灵最近的那个男人，但是他最终亵渎了她。这是怎样彻心的苦、切肤的疼痛啊！若桐来信说，希望总是在这春暖花开的季节。春来了,但她的希望又在哪里呢?晗之说,一切都可以重新开始,但是从终点回到起点,不知道那个起点还是不是原来的起点?想到这儿,苏文娟的眼睛又一次湿润了,花影树影月影,一切皆在她的泪海中浮动。

"妈妈快来,快来看哪!在演小品呢!"是亮亮欢快的喊声,依稀还可以听到晗之鼓动儿子喊她的声音。

"哎。"文娟轻轻地答应着,却没有挪动脚步。

除夕夜,小区里所有的路灯都亮起来了,照得路边的棕榈树枝丫分明。阳台的结香花那单薄的小花瓣在乍暖还寒的冷风中轻轻颤动。它那幽远的甜香和着朦胧的夜色传来,似乎也想把春天送到人们心底。

她是那样怀念有月亮的夜晚。记得十六年前,她曾天真地问子翔,天水的月亮是不是也一样的圆,一样的亮?天水的春天是否和故乡的一样美一样俏?而今,又一个春天来临了,不知道他又在哪里享受他的春天?!

她就这样长久地静静地站在那儿冥想着,守望着春天的来临。新年的钟声很快就要敲响了,这时她的手机在轻轻振动,打开一看,是子翔的短信:

文娟,我以为距离可以使我们产生阻隔,我以为就这样可以忘却你,但是我不能,真的不能。如果现在我说,我想去普贤，你还愿意陪我去吗？

穿过婆婆的泪眼，穿过手机明亮的显示屏，穿过长长的时光隧道，苏文娟仿佛又看见了那个拥有一双如梦的眼睛、穿着一袭白衣黑裙的小女孩，还有那个清瘦的踌躇满志的穿着绿T恤的少年正款款向自己走来，他们正屏气敛声，一起凝神谛听："旅客朋友们，请注意，请注意，46次列车马上就要出发……"那是他们生命的绝响……结束了，一切真的都结束了！

所有的人都坠入了欢乐的海洋中，所有的人都屏住呼吸在倒计时："5、4、3、2、1……"钟声响了，新年的钟声响了！

亮亮一下子从房间蹦到了阳台上。他扯着文娟的衣服，激动地大声喊叫着："妈妈，看哪，看哪！烟花，多美，多美，那片像菊花，那片像桃花，还有那片……"

烟花璀璨，发出了夺目的光彩，红的像霞，白的如雪，绿的似翡翠，将天空映成了亮如白昼，又在人们的欢呼与感叹声中化为灰烬。泪眼蒙眬中，苏文娟微微低下头，最后又看了一眼那条短信，然后缓缓地按动了手机的删除键。

有温热的东西从眼中轻轻滑落，如灿如流星的烟花，如渐渐凋零的花瓣，一片、两片、三片……无声又无息。

后　记

　　写下小说的最后一个字，我伏案痛哭。不知道是为了那个叫苏文娟的女人，还是为了那些逝去的曾经美好的青春岁月。

　　小说的主人公苏文娟，是一个诗意、美丽、敏感而又特别真诚的女人。这个纤小的女子融注了我这些年对人生的体验，蕴含着我个人的所思、所感、所悟。她似乎离我很近，可以说，苏文娟的眼中时常流着我的眼泪，而我的呼吸里又透着她轻轻的心跳。但有时，她似乎又离我很远，甚至走出了我的视线，沿着她自己的人生轨道踽踽独行。

　　她是矛盾的，有时坚持，有时却轻易放弃；有时坚定，有时又茫然无助；有时现实，有时又仿佛生活在梦中。她是爱笑的，但是沉重而琐碎的生活却时常使她笑不出来，甚至疼痛得想哭，想放声大哭。这个有着很多优点，也有着很多弱点的女人最终还是没有找回她一生想追寻的东西，所有的爱与忧伤都随花而落。这是生活的无奈与感伤。

我无意于去责备或诋毁什么人，比如程子翔，比如章晗之，我只想告诉大家，人生美好而短暂，幸福有时会长着翅膀飞走，该把握的要把握，该珍惜的应好好珍惜。

《疼痛》是我的第一个长篇，小说的笔法是稚嫩、笨拙的，但情感却是真挚、诚实的。写作的过程中，也常常感觉困惑，感觉痛苦，生怕自己相当浅白的文字无法承载内心深处太多太多想要表达的复杂情感，所幸的是有朋友鼓励我"有梦想才有期待，有毅力梦想就一定能实现"，它使我一直坚持到了最后。当看到年迈的父亲从病榻上坐起，阳光下艰难地翻阅着我的文稿时，我的眼眶湿润了。那一刻，我终于明白，所有的付出都是值得的，也相信善良的读者会给予我更多的宽容与理解。

感谢为小说的出版付出辛勤心血与汗水的编辑老师、出版社工作人员以及我的小妹林艳。

谨以此献给我的父母、爱人、孩子以及有缘读这部小说的所有真心的朋友。真诚祝愿你们永远健康、快乐、幸福，此生无憾！

图书在版编目(CIP)数据

疼痛/叶红著. —福州:海峡文艺出版社,2022.7
("望海潮"原创长篇系列)
ISBN 978-7-5550-3057-7

Ⅰ.①疼… Ⅱ.①叶… Ⅲ.①长篇小说－中国－当代 Ⅳ.①I247.5

中国版本图书馆 CIP 数据核字(2022)第 115051 号

疼痛

叶 红 著	
出 版 人	林滨
责任编辑	谢曦
编辑助理	吴飔茉
出版发行	海峡文艺出版社
经 销	福建新华发行(集团)有限责任公司
社 址	福州市东水路 76 号 14 层
发 行 部	0591－87536797
印 刷	福州印团网印刷有限公司
厂 址	福州市仓山区十字亭路 4 号金山街道燎原村厂房 4 号楼
开 本	720 毫米×1010 毫米 1/16
字 数	135 千字
印 张	14
版 次	2022 年 7 月第 1 版
印 次	2022 年 7 月第 1 次印刷
书 号	ISBN 978-7-5550-3057-7
定 价	79.00 元

如发现印装质量问题,请寄承印厂调换